我们丛书

壮族作家作品系列

除了山水还有什么

Chule Shanshui Hai You Shenme

冯艺·散文集

广西民族出版社
Gvangjsih Minzcuz Cuzbanjse

图书在版编目（CIP）数据

除了山水　还有什么／冯艺著．—南宁：广西民族出版社，2019.10（2023.5重印）
（我们丛书．壮族作家作品系列）
ISBN 978-7-5363-7314-3

Ⅰ.①除…　Ⅱ.①冯…　Ⅲ.①散文集－中国－当代　Ⅳ.①I267

中国版本图书馆CIP数据核字（2019）第216653号

我们丛书·壮族作家作品系列
除了山水　还有什么

著　　者：冯　艺
出版策划：石朝雄
责任编辑：潘　夏
装帧设计：张文昕
责任校对：吴　艳
责任印制：梁海彪　张东杰
出版发行：广西民族出版社
地址：广西南宁市青秀区桂春路3号　　邮编：530028
电话：0771-5523216　　传真：0771-5523225
电子邮箱：bws@gxmzbook.com
印　　刷：三河市嵩川印刷有限公司
规　　格：787毫米×1092毫米　1/32
印　　张：7.5
字　　数：160千字
版　　次：2019年10月第1版
印　　次：2023年5月第2次印刷
书　　号：ISBN 978-7-5363-7314-3
定　　价：49.00元

总 序

黄凤显

壮族是世居珠江流域的少数民族，现今人口1700多万，是我国人口最多的少数民族。壮族历史悠久，曾经创造了灿烂的文化，是中华民族文明的重要组成部分。这个在祖国南方世代生息繁衍的民族，与中华民族的其他成员一样，在千百年的历史进程中，创作了大量内容丰富、形式多样、特色鲜明的文学佳作。

提到壮族文学，首先让人想到的是其民间文学。壮族的神话传说、民间故事、山歌、壮剧、师公戏等，皆广为人知。

而壮族山歌尤为著名，三月三歌节、壮乡歌圩被誉为壮族山歌的荟萃和渊薮。不过，相对于民间文学，壮族的作家文学，人们对它的了解和关注还很不够。

作家文学的产生是与文字的产生联系在一起的。壮族在先秦时就已经有自己的文字。2006年前后，在广西平果县发现的感桑石刻文，以及在壮族地区先后出土的石器、陶器、青铜器上的刻文、铭文等，就是壮族的早期文字。这些产生于先秦时期的壮族古文字，经秦王朝统一文字或秦火之后，汉代以降已再难延续。现今发现的感桑石刻文等，由于缺乏文献佐证，已较难破译。但是，感桑石刻文中有不少片段在100字左右，已比我们常见的甲骨卜辞字数多，其较大的石片刻有200多个字符，据称还有一片达到2200字，这都赶上甚至超过了西周青铜器铭文的字数（西周青铜器铭文中最长的一篇《毛公鼎铭文》近500字）。这么多的字数和这样的篇幅，无疑已是篇章成文。尽管它尚未被破译，且可能是用于祭祀或属于实用文书，但其连缀成篇，中无间断，亦不难想见其架构气魄和辞章文采。所以，感桑石刻这些作者和内容待考的文字，堪称现今发现的最早的壮族文人作品。

壮族创造的第二种文字是方块壮字，亦称古壮字，也叫土俗字，萌芽于汉代，产生于唐代，是由壮族一些受汉文化教育的文人（也包括巫师）借助汉字或汉字的偏旁部首创造的。古壮字直到现在仍在壮族民间使用。1989年出版的《古壮字字典》收录了大约4900个字和大约1万个异体字。使用古壮字进行创作，滥觞于唐代俚僚人酋长、澄州（今广西上林县）大首领、廖州刺史韦敬办。由他撰写碑文的《六合坚固大宅颂》碑和《智城碑》，是岭南地区最早的唐碑，其骈赋体碑文富于文学色彩，其中《六合坚固大宅颂》则使用了古壮字创作。自唐代以后，古壮字多为民间麽公、民间戏人和山歌歌师所用，他们用古壮字书写的原始宗教经文、壮剧剧本和山歌唱本既有对口头传唱作品的记录，也有自己的书面创作。

在20世纪50年代拼音壮文出现以前，壮族作家、诗人主要是学习和使用汉文进行创作。目前，存世的这类壮族文人作品多为清代时所作，作者大多是中举、中进士者，其汉文水平足可与汉族文人比肩。这些文人在世时基本上都编有文集或诗稿，20世纪90年代以来，经广西少数民族古籍工作办公室组织力量进行整理，广西人民出版社、广西民族出版社、广西教育出版社等先后出版了多位作家的诗文集，如黎申产《菜根草堂吟稿》、蒙泉镜《亦嚣轩诗稿》、韦绣孟《茹芝山房吟草》、崔毓荃《薰生诗草》、郑献甫《郑献甫文集》、韦丰华《韦丰华集》、曾鸿燊《瓶山诗集》等，而其他壮族著名文人的集子，如张鹏展、冯敏昌、刘定逌等还有待于整理出版。这批诗文集可以说是第一批整理出版的古代壮族作家作品集。

近现代以来，运用汉文创作的壮族作家队伍越来越壮大，其题材内容越来越丰富，创作的体裁也越来越多样，涉及了众多的文学样式。新中国成立前，以曾平澜、陆地、华山等为代表的壮族作家就已蜚声文坛。新中国成立后，壮族作家更是群星璀璨。韦其麟、周民震、黄勇刹、蓝鸿恩、莎红、黄青、王云高、苏方学、韦一凡、凌渡、黄钲、潘荣才、孙步康、农冠品、苏长仙、陈雨帆、农耘等，都是人们所熟知的壮族作家。这些作家的作品都曾先后以单部作品或结集的形式出版，在海内外产生了重要的影响。

2013 年，在中国作家协会的精心策划、组织下，55 卷 60 册的《新时期中国少数民族文学作品选集》由作家出版社出版。这部卷帙浩繁的选集收有冯艺主编的《壮族卷》上、下册，收录了数十位壮族作家的作品，上册为中短篇小说集，下册为诗歌、散文集。上册文末附录长篇小说存目，下册卷后附录长诗、长篇报告文学存目。这是迄今为止编辑出版的唯一的多位作家、多种文体荟萃的壮族作家作品选集。

2018 年是改革开放 40 周年，恰逢广西壮族自治区成立 60 周年，今年又正值新中国成立 70 周年大庆，这是展示、回顾、总结和检阅壮族作家创作，尤其是新时期以来壮族文学成就的良好契机。广西民族出版社出于自身的出版定位和社会责任，组织力量、自主投入，编辑出版这套“我们丛书·壮族作家作品系列”。

这套丛书共 11 册，收录了 11 位壮族作家的小说、散文和诗歌作品。入选的这 11 位中青年作家，都是新时期在文坛上活跃的壮族文学创作翘楚。丛书为每位作家单独编辑了作品选集，小说类有凡一平《合唱团》、李约热《一团金子》、陶丽群《被热情毁掉的人》，散文类有冯艺《除了山水　还有什么》、牙韩彰《屈指家山》、石一宁《履痕心绪》、黄佩华《生在平用》、黄鹏《家园气象》，诗歌类有荣斌《尘土之河》、梁洪《一个饺子的距离》、三个 A《魔术师》。看这份名单和书单，不难发现两个特点：一是作家的选集属于“本色行当”，如以创作小说、散文、诗歌著称的作家仍选其小说、散文、诗歌作品，像小说作家凡一平、李约热、陶丽群选的是小说，散文作家冯艺、牙韩彰选的是散文，诗人荣斌、梁洪选的是诗歌。二是作家的选集似乎有所“跨界”，如在小说创作上实力雄厚的黄佩华，选的却是散文，著名文学评论家石一宁和诗人黄鹏，选的也是散文。这种看似“跨界”的努力，实则是跨越，代表了他们在文学创作领域的新开拓。如黄佩华，近年在潜心于小说写作、不断推出新作之余，陆续发表了一系列抒写壮族和壮乡的散文佳作，颇受读者喜爱；石一宁在对当代创作进行较全面系统的点评的同时，用散文笔调记下自己的履痕心绪和寄情哲思；平素写诗的黄鹏，其散文作品则灌注了浓郁的诗情画意。

从书作品的选取，既考虑到作家的代表作，也充分考虑到作家的成长历程，让读者从中了解到作家创作渐入佳境及其风格形成的经过，尤其是认识和理解一个壮族作家是如何扎根于壮族文化沃土，参照壮语（母语）的表达方式，运用汉语进行文学创作的艰辛探索之路。因此，阅读这些作品，我们可以看出：凡一平小说那壮族式的机智、幽默及其传奇性是如何形成的，冯艺散文那种文化底蕴和人文关怀是如何集聚的，李约热小说的那种怪诞和黑色幽默是怎么炼成的，陶丽群是什么时候开始关注边陲小镇的小人物及其人性的扭曲与张扬的，荣斌的诗歌是如何贴近时代语境、抒写当代人真实灵魂的，牙韩彰是如何从惯常的写实手法转换为一种游刃有余的抒情的，三个A是怎么从一个年轻的壮族小伙子成为诗坛新锐的，等等，不一而足。还是回到编辑这套丛书的初衷，那就是对当下壮族文学创作和壮族作家的成长进行展示、回顾和检阅。

既如此，丛书所选的作品就并非全是作家们的新作、近作。有些作品需要置于其创作和发表时的时代语境下解读。正如凡一平在《合唱团》后记中说的：“这部集子其实是那个年代青年彷徨、思索和奋斗的记录。这些作品所体现的对社会的认识、对生活的体悟、对人生的思考，甚至文本和话语等，自然就带上了那个年代的印记。”这应该作为阅读这套丛书作品的一个基本思路。

在选编这套丛书的过程中，出版社编辑和作者进行了多方沟通和协商。对于入选作品，编辑只对明显的舛误订正，原则上不做另外的加工修改，以尽可能保留作品的原貌。不过，编辑壮族作家作品系列丛书，对广西民族出版社来说是一个新的尝试，疏漏或缺点在所难免。我们在衷心祝愿壮族作家不断取得更加丰硕的创作成果的同时，也诚恳希望作家和读者给我们多提出宝贵的意见，使我们的编辑出版工作得到改进和提高。

2019 年 10 月

冯艺·散文集

目　录

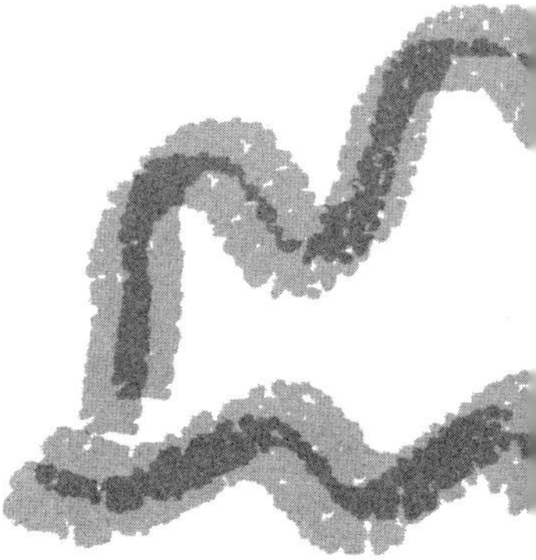

一个人的国际共运史

一

世间的事物虽是风月，却不会了然无痕，它深深地刻在时光的深处。20 世纪 80 年代初，恩师张元生教授告诉我："你的老乡张报是一位国际共产主义战士，你可以去采访他。"于是，我在北京遇到张报——一位富于传奇色彩的老人。

那天进门只见他独坐在书房里的一张藤椅上，聚精会神地看书。老人听觉十分灵敏，听到脚步声，他蓦地起身相迎。他身材颀长，鬓发斑白，面容清癯，目光炯炯，显得文质彬彬。

我很难把眼前的形象与“苦难”这个词联系在一起。

听说我在北京上学，他不停地询问老家的情况。他赤忱爽利，说起话来，滔滔不绝。他学识渊博，译笔严谨，在国内翻译界有口皆碑。离休之前，他忙于撰写中央与国家级重要会议文件的中译俄文本的审定稿，负责中央发表重要文献俄译文本的审定工作。

我说：“听说您老人家吃了很多苦，应该好好颐养天年了。”他说：“我从中国僻远的山村走出来，如今已白发苍苍。一辈子走过这么多路，经历过许多生与死，尚能做一些事很知足。经历过苦难的人，尤其有历史创伤的人，生命的过去是与血泪融在一起的，应该懂得淡看一切。”

其实，那天最触动我心灵的，我一直都没有忘记……

1963 年秋天，北京阴雨不绝。之前“联合舰队”和炮击金门等一系列事件，使中苏两党领导人分歧日深，争论公开化，导致两党关系日趋紧张。赫鲁晓夫恼羞成怒，愤而斩断两国友谊关系。这一年，中苏两党分裂终于公开。按理说，人类这个有灵魂的生物，应该互相理解和尊重。然而，自古以来，这一切都不可能实现，国家、民族、阶级，这个主义那个主义不断争斗，国与国交恶，势必将整个国家的经济、文化，乃至每一个家庭、每一个人都席卷其中。

这种紧张关系，也卷入了张报 28 年的国际家庭。在个人生活轨迹与政治轨迹发生偏离的状况下，所有苏联专家必须无条件从中国撤出。张报的爱妻娜佳就在撤出名单之中。尽管他们申诉种种理由，迫于“立场”“爱国”以及国家的压力，均无奏效。

“悲伤逐一充满我们，想起过去我们一同走过的路，我们就愈发伤心。”张报说。

折腾了一年多。一天，张报不敢直视妻子，言语中透着难以名状的决绝，无奈地做出决定。

“娜佳顿时面色苍白，我飞快地望了她一眼。只见她扭过头把一盘饺子慌乱地倒进还未开锅的水里。我走过去，如此零乱的脚步，我抱紧她，让她明白，我有多么爱她。”

娜佳问，为什么两国关系坏成了这个样子？这个问题对于张报，对于绝大多数老百姓来说，简直是一个谜。然后，他们只能抱头痛哭。

苏联驻华使馆为娜佳办好回国手续。在没有月光的晚上，娜佳和幼小的孩子登上了北京开往莫斯科的列车。

汽笛一声轰鸣，颠覆了原野巨大的平静，撕裂这个曾经令人羡慕不已的恩爱家庭，却又像避开了一场政治瘟疫。

这个夜晚，张报撑着伞走在风雨中，感到特别冷。

情到深处人孤独。从此，每每凝眸，梦里梦外，张报只能在心里默默念着娜佳的名字，爱只能是长夜的一盏孤灯。娜佳，一定要勇敢，一定好好地活下去。

“我不停地唱着：‘啊，茂密的山楂树呀，白花满树开放；啊，你可爱的山楂树呀，为何要悲伤……’这样一唱，就能呼出我的泪水。我蜷缩着，每个夜晚，仿佛都能吞噬我。”一切的爱与愁付与了一片渺渺时空。

因为悲伤，张报把与妻子28年的爱写成1500行长诗——《别了》。在诗歌的末尾，他悲愤地呐喊，狠狠地撞向无边的苍穹，泪水沿着故事轨迹下滑。

别了，

如果是永远的话，

那就永远的别了！

他的挚友萧三读后说：“长诗描绘了一个时代在诗人心中刻下的爱的痛苦历程。”

二

娜佳不是张报爱的第一个女人。

张报原名莫国史，1903年出生于广西南部的扶绥县。

“乡人豪爽、热情、吃苦耐劳，以懒惰为耻。在这种氛围的熏陶下，我早早地就学会帮着父母做农活。并非我特别勤快，是因为每家每户的孩子都正在帮大人忙碌着。那时候，大一点的孩子和父母一起插秧、割稻。隔着一条田埂，大人扯着嗓子拉家常，互相调侃、斗嘴取乐。有时候，我走在田埂上，和哪位叔叔、伯伯狭路相逢，他们总会逗上我几句。时间长了，我也能说上几句逗得别人捧腹大笑了。”

好学善悟的莫国史养成独立思考的习惯。进入中学后，莫国史成了勤于学业，思想活跃的学生，他的作文多次被老师当作范文在班上朗读，这也让他在文学上受到一种无形的激励。1918年，15岁的他参加全省会考，竟榜上有名，考上广西省立第三师范学校。省立第三师范学校是广西重点学府，培养了不少学生。学生们后来都有所成就。

在南宁上学期间，莫国史每逢星期天或休假，都会到南宁的表叔家打打牙祭，开开斋。表叔的女儿如一品甜软的南方小吃，为人热情。日来日往，莫国史与表妹你侬我侬，一腔衷情，一对青年情往深处。

然而，表叔对于女儿的婚嫁早有安排，父母之命令莫国史倾情的表妹远嫁他乡，他再也看不见表妹的欢颜。心爱的人离去，给他的初恋当头一棒，令他无比痛恨封建的包办婚姻。

而此时，莫国史并不知道自己正是另一桩包办婚姻的主角。父母通过媒人给莫国史订了一门亲事，对方是一位比他小两岁的壮族姑娘十三妹，女方家境比莫家富裕很多。

五四运动波及南宁，莫国史意识到民众反封建以及新文化运动的力量。他毫不犹豫地投身这场运动，成为当地学生运动的积极参与者。他认为历朝历代的读书人，待在家乡最多只能修身齐家，只有走出去才能治国平天下。他发愤离开家乡，施展才华和抱负。1920 年夏天，莫国史以广西第一名的高分，考上北京清华学堂在全广西唯一官费留学美国的预备生。顿时，在广西引起了一阵轰动。

他要回乡下筹集进京上学及赴美留学的盘缠。莫国史的父母省吃俭用，希望把钱用于儿子上学。他们只想儿子师范学校毕业，就可以回家乡任教，成家立业，传宗接代。万万没想到的是，儿子应考即中，不仅远赴京城，还出海留洋，这让他们如何从困窘中筹措一笔巨大的开支？当莫国史得知家里为他包办了婚姻，他死活不干，向父母郑重要求退掉与十三妹的婚事。而此时的乡亲眼里只关乎他们的家族或村庄，莫国史的行为显然打破了父母的希望，遭到家人极力反对。

莫父认为，儿子可以不去北京，不去美国，而退婚之事，万万使不得，绝不能做对不起亲家之事。然而，十三妹得知未来的丈夫能上北京就读，还可以留学美国，心里十分高兴。善良的姑娘鼓动家人为莫家分忧，从家中生意的收益中拿出银子，成全莫国史未知归期的远行。

看到十三妹毫无顾忌地热心支助，莫国史心软了。他不再坚持退婚。他想：自己还年轻，待毕业后有了收入，把债务还清再提这事。

三

莫国史万万没想到，赴美留学梦并不顺利。

当时，北京的学潮风起云涌，反封建运动方兴未艾。思想的自由，深邃的洞察力以及敢言的个性使莫国史不甘寂寞，他号召同学们反对校方压制学生自由的专制管理，他发动罢课罢考，得到冀朝鼎、梅汝璈等同学的签名响应。清华学堂是美国人用庚子赔款创办的专门用来培养中国留美预备生的学校。这一事件令校长大为光火，扬言开除莫国史的学籍。可是，冲动之下，莫国史不等学校的决定就决然离开，他失去了清华官费留美的资格。

一个人的生命，总有独属的风向标。他发誓，通过自己的努力，总会实现赴美留学的愿望。开放意识使莫国史下决心专注读书，他给父母和十三妹家里写信，想断掉那桩包办婚事。他说，这封信是决绝书，表明自己的坚决态度。

莫国史转读北平国民大学。他凭着娴熟的英语阅读能力，浏览清代外交史。他发现国弱无外交的现状，导致了中国许多失败与灾难。他把自己的名字改为“莫震旦”，立志从事国家外交事业，做出一番大事。他了解到，彼时世界的外交条约有一个文本必须以法文写成，一旦对文本发生异议时，通常以法文文本为准。东西方文化强烈冲撞，中学与西学交替融合，守旧与维新相继裂变，使他慢慢成熟的心灵看清西化的潮流无法抗拒。于是，他离开国民大学，前往上海国立工商学院，专攻法语。

一年后，莫震旦被南开大学创办者张伯苓的教育理念吸引，求知求新的他又做了一次人生抉择。这个抉择又一次证明他的能力，他如愿考上了南开大学。

在南开大学图书馆，他获得极大的阅读量。一个名词吸引了他的眼球——门罗主义。他参阅大量资料，凭着骨子里一股劲道，写成洋洋万言论文《门罗主义的探讨》，在北京《晨报副刊》上发表。五四运动后相当长的一段时间里，许多活跃的思想家都在这份引领时代新思潮的重要刊物上发表论文。而作为一个在校青年学生的莫震旦跻身其间，立马引起思想界的热切关注。张伯苓对莫震旦评价很高，认为他是自己教育救国论影响下成长起来的可塑之材。

人的一生会遇上许多人，多数擦肩而过，遇上对的人的概率是微乎其微。莫震旦遇上了张伯苓，当属对的事。在南开读两年之后，张伯苓推荐莫震旦回北京，就读国立北京师范大学（现北京师范大学）研究生，以便他早点实现教育救国的理想。

1926年夏，莫震旦研究生毕业。经任教的美籍教授弗里曼亲笔给美国田纳西州皮波迪大学写信，莫震旦终于圆了赴美留学的梦。

圆这个梦，他用了整整6年，6年洗练了莫震旦柔韧为底的意志。我想，彼时的教育可以给学子们“任性”，给每一个学子的成长带来许多奋斗的空间，“学术自由，兼容并包”之风延益了许多学人志士。难怪有人说，那个时期是中国出思想大师的黄金时代。

四

1926年秋天，莫震旦开始踏上赴美的路途，抵达美国西岸西雅图。他急着前往芝加哥，那里有他在清华学堂时的同学冀朝鼎、梅汝璈等。他们正在等着莫震旦介绍国内北伐战争的情况。与此同时，他听到这些海外赤子热烈讨论的，竟是与他苦心追求的教育救国论不同，他们在号召革命救国，让他心灵震撼。他被他们的爱国救国精神感染，也积极投身到他们的活动中。他的表现受到美国共产党中国局的关注，并很快被吸收加入美国共产党。他的公开身份是威斯康星大学社会学研究生，兼任校刊编辑。

至此，未满25岁的莫震旦从一个教育救国的思想者成为一名职业革命家。由于工作出色，他被派任美共纽约市委中国局书记兼纽约市反帝大同盟常委。不久，美共中央中国局第一任书记施滉赴苏联学习，接任者李道煊又被叛徒出卖被捕，莫震旦临危受命，出任美共中央中国局第三任书记。我们可以想象，那个风云际会的年代，莫震旦和党友们从事秘密工作，舍生忘死。

但他们的情感生活并不枯燥，却也这般浪漫。莫震旦生命的天空现出了美丽的花朵，那朵美丽的花儿，就是一头金发的美国姑娘杰丝。杰丝是莫震旦在纽约工人夜校宣讲革命时认识的学生。莫震旦熟练的英语和不凡的风度折服了美国姑娘。多情的杰丝主动邀约莫震旦与其同居。在这一场异国浪漫的情爱中，双方的精神无比放松与享受。可惜，由于杰丝前男友的妒恨使杰丝与莫震旦的情感陷入纠缠不清，莫震旦觉得麻烦不迭而放弃。

然而，他没有想到很快又遇到可心的人了。

一天，莫震旦前往俄亥俄州克利夫兰市，参加美共组织的工会成立大会。他在会上的演讲，引起了当地警察的注意，离开会场后即遭到跟踪。凭着自己的直觉，他要甩掉“包袱”。当他加快步伐走到街道拐弯时，一位姑娘从小巷迎面走来，拽着他的手，窜入了一户人家。

姑娘叫玛丽，是俄裔美国人，刚才也在会上。听到莫震旦演讲，玛丽被这位中国青年的一举一动所吸引。一散会，细心的她发现莫震旦已被盯梢，立刻抄小道在前面路口等候莫震旦，帮他摆脱麻烦。也许，那就是爱，没有人可以测量出当时爱的力量，是那么有魅力！

拥有一头金色秀发、一张温润香唇和一对迷人眼睛的玛丽，令莫震旦仿佛在暴风骤雨中得到庇护。从此，玛丽追随莫震旦，从俄亥俄州来到纽约，加入美洲反帝大同盟。这对不同国家、不同种族的男女闪电般在一起，举办了正式婚礼。尽管社会生活动荡不安，相知相爱是一种幸福，能够生活在一起，玛丽很满足。

1930 年以后，世界性经济危机对美国的严重影响，以及胡佛法案的出台，美国共产党处境日渐艰难。此间，莫震旦两次被捕，经多方营救后出狱。然而，莫震旦激情不减，成了知名的“危险分子”，他的活动引起国民党政府驻纽约领事馆的注意，他们与美方决定以非法居留的名义将他拘捕并引渡回国。美国共产党认为莫震旦已经暴露，不宜留美工作，派遣他秘密前往苏联参加共产国际工作。

早期的共产党人有着崇高的追求和抱负，陈独秀、李大钊等人无不冒着风险向自己奋斗的目标前进。他们对于苏联，倾听着那里美好的宣传，把理想投射在国际共产主义运动之中。这是一种追求，莫震旦也憧憬着，他孤身一人前往苏联。因为他还不了解当时苏联的状况，加上玛丽的父母早已定居美国。

五

在莫斯科，莫震旦见到了王明、康生、李立三、吴玉章、陈潭秋等。美国共产党代表团请示共产国际，把莫震旦的组织关系转给中国共产党代表团。中共代表团要求莫震旦不能使用原来的名字。莫震旦认为自己喜爱办报工作，担任过报纸的主编，遂更名为“张报”。从此，这个名字一直沿用至终身。

初来乍到的张报，进入一种新的生活，然而这种新的生活与自己的想象决然不同。新生活是党内残酷的斗争，斗争对象是已被撤销中国共产党中央政治局委员职务的李立三。尽管李立三做了诚恳检查和自我批判，王明、康生等人以痛打“落水狗”的气势，对李立三进行无情打击和残酷迫害。张报对王明、康生等人的卑劣行为看不惯，他深深同情着受难中的李立三。

张报与诗人萧三成了无所不谈的好朋友。萧三带领他参加莫斯科的许多文学活动。张报拜访高尔基，用英语和汉语背诵高尔基的《海燕》，高尔基无比兴奋。在高尔基的别墅里，他们谈论关于文学、创作、社会……这些经历让张报有了那般以往岁月的奇光异彩。

然而，热闹之后回到宿舍，张报仿佛听到了玛丽的呼唤。他是玛丽的生命和情感的一部分，可是莫斯科与纽约相隔万里。孤独是一种感伤，玛丽感到无爱是孤独，有爱又是煎熬。1933年夏天，玛丽忍不住离别的煎熬，不远万里来到莫斯科。

这是一段甜蜜的时光。傍晚，他俩一同来到开满雏菊、虞美人与勿忘我的原野间漫步；晚间，他们一起到剧场看歌剧，欣赏芭蕾。张报在钢琴旁一遍又一遍地听玛丽弹琴歌唱，听她充满深情的歌声，体验着爱情的幸福。

男人的赏识给了女人心理极大的满足。张报让玛丽全盘释放母性妻性，这是一种燃烧得以涅槃的幸福。半年后，玛丽怀孕了。为了不影响张报的工作，玛丽告别丈夫，回到了美国。不久，玛丽生下了女儿，一个中美混血女儿。张报兴奋不已，为女儿取名“维多利亚”，他多么想看一眼自己的女儿，听女儿的声音，可惜，那时没有通话的条件。

再晴朗的天空也会风雨来临，再美的花也会凋谢，再好的梦也会破灭。1933 年底，王明主导“清党运动”，张报与李立三交集过甚的友谊，逃脱不了被清洗的厄运。张报被开除党籍，发配到乌克兰哈尔科夫拖拉机厂监督劳动改造。政治斗争总是夹带着无数的苦难，生存与死亡、正义与邪恶、崇高与荒诞。倔强的性格，使张报以怒目对视那些批斗者，他不愿意写检讨书。但运动不断延长，极“左”的力量是强大的，而不断地升级。当那些善于整人的人以组织的名义出现时，任何抵抗都是那么的乏力。没完没了的折磨，人会走到无助的境地。张报的情绪会变得十分低落。个人精神的焦虑，加上距离和误解，令他心烦气躁。张报与玛丽的通信越来越少，导致他与玛丽的关系逐渐淡远与冷漠，慢慢地，他与玛丽的婚姻亮起了红灯。这是没有办法的，也是两个人的宿命。上帝造就了他们，也让他们远隔千山万水，难于贴合。

六

1935 年，共产国际中国局要办一份英文版的《救国报》。

因为张报拥有娴熟的英语水平和办报的经验，他被召回莫斯科。

张报是一向敢于直面自己的情感与欲望的人。此时，他又遇到一位苏联姑娘。

“对爱情的大胆追求，在当时的苏联，并不是什么稀罕的事情，我说得对吗？我开始追求娜佳，我观察她的言行举止，她的一颦一笑，我对她一见倾心。”张报对我说。

娜佳·鲁登科是位苏联姑娘，英文编辑。“我们在一起工作，从我的座位注视着娜佳，能清楚地看到她的每一个表情、动作。充满灵光的眼睛，始终微翘的嘴角，穿梭自如的双手，节奏利落的双脚，甚至微微颤动的腰身，看着看着，仿佛她已浓缩成永远的年轻与新鲜，从未走远。”

他被娜佳的轻柔打动了。单调的打字机黑白键前，她送给他的是家乡的春水，是四月的熏风，是高天的云雀。藏在柔情里的力量，像她的眼神一样。

一天，他看见她在书桌前阅读，他立刻把照相机打开，调好镜头。不过他想还是征得娜佳的同意。趁她目光离开书页转向他的一瞬间，向她微微一笑：“可以吗？”姑娘微微一笑。他以为她同意了，可她恰恰摆了摆手。

他大为沮丧。只有把头扭向窗外，看雪的风景。可他眼睛的余光仍不时地注意着这位姑娘，她一直那么专注，翻动书页的同时还略略沉思。

她读的是普希金？茨维塔耶娃？还是阿赫玛托娃？他胡乱地猜着。“她的气质，她真的很漂亮，我那么喜欢她。”

终于，张报看清了娜佳读的是一本英文的读物。原来，娜佳虽然读大学的专业是英语，毕竟缺乏语境训练，应用起来仍有一些难题。于是，张报主动出击，与娜佳的相遇，便有了一段精神的结合。张报的才华为自己增色不少。娜佳在编辑中所遇到的难题，即可获得轻松解决的愉悦。娜佳在不断地向张报的请教中加深了对张报的爱慕。

“一个飘雨的夜晚，在我房间，我们在一起了。”我仿佛看到彼时的张报已经是一个对万物有成熟思想认识的青年，他的目光散发着自我和智慧的味道。他渴望着爱与温暖，热恋着光明与希望。富有才情的张报也深得女人缘。而俄罗斯女人也爱嫁中国人，中国男人不酗酒，打老婆的少，娜佳不在乎别人的眼色，一生只演自己。

不久，娜佳生下儿子，取名华列里。

张报全力投入《救国报》的编辑工作，多次向组织提出恢复党籍的请求，却石沉大海。

1937年至1939年，斯大林主导的大镇压如火如荼，把整个苏联推入黑暗的“大清洗时期”。大量的苏联著名人士和外国人被逮捕入狱。在这种氛围下，凡不满者，均视为“托洛茨基主义者”，凡反对者，给他一顶“托洛茨基分子”，托洛茨基就等同反革命。1938年初的一天，苏联内务部特工突然闯入张报家中，将他带走并投入了监狱。罪名是“加入托洛茨基反革命组织”。

显然是政治迫害。在这样的政治氛围中，那些出手凶狠的人往往就是与“反革命”斗争最“坚决”的“革命者”。对于“阶级敌人”奉行“己所不欲，必施于人”，这种党化史学的影响极其深远。张报被判处8年有期徒刑，遣送至苏联东北地区的一个苏改营服刑。

“那个劳改营，沿河设置五座木结构营房，安置一千名托派分子。多人死于饥饿、严寒、伤寒，尸体无法全部掩埋，只好冻成一垛，等到春天冰化，再投入河中，令人毛骨悚然。”

那是一个信仰共产主义的年代。很少人会怀疑斯大林的“英明”。经过群众批判的“犯罪分子”，人人都得低头认罪，以为经过劳动改造就可以洗刷罪过。殊不知，这些残酷的劳动改造折磨和毁灭了多少无辜者的生命，葬送了多少知识分子的青春才华。张报深感悲愤与无奈，但更深的恐惧逼迫他缄默不语，这种恐惧渗透他的每一个细胞，他只好每天机械地劳动、进食、就寝。

张报算是幸运的，因为他有娜佳。当丈夫突然变成“人民公敌”而被捕时，娜佳作为苏维埃公民，在斯大林统治下的道德真空中，情感还有多大能耐？生存的策略是什么？沉默，谎言，友谊，背叛，抑或塑造数百万人生的道义上的妥协和迁就？娜佳知道，张报爱她，只有自己能让丈夫还有希望。像娜佳一样，数以百万计的俄罗斯公民，因亲属受到镇压而生活在极度的恐惧之中，他们既感受着苏维埃制度的不公和异化，又必须设法从中找到安身立命的定位。

娜佳学会忍耐，把爱放在心里。娜佳一次又一次地对张报说：“只要有点耐心，只要有点时间，只要慢慢地等待……转过身来看到的坎坷就是平坦。”她言说令人发指的生命过程，让我感到凄美动人的爱和彻及肺腑的痛！

就这样，张报在希望与痛苦的煎熬中销蚀生命，整整八年多。1946年底，张报刑满释放。

“是该回中国了。”他不情愿待在苏联了，受到这样的政治迫害，他不甘心。他寻找苏联当局解决自己的冤案，他要带着心爱的妻子娜佳和孩子回到自己的祖国。而彼时，中国正在发生内战，他不愿意到中华民国驻苏使馆请求帮助，只好留在苏联，与娜佳过着十分拮据的生活。

1949 年 10 月，中国驻苏大使馆正式办公。张报向使馆反映自己的情况。可是，新中国初始，中苏关系甚密，苏共操控的冤假错案，有关部门无暇也不愿料理。张报心急如焚。

“有一天，我在报纸上看到毛泽东即将访问苏联的消息，立刻跑到邮局，斗胆给毛泽东发电报，申诉求助。未想到，电报落到贝利亚领导的苏联秘密警察手中。1950 年夏天，他们又判处我有罪，押往新的流放地。”

厄运让人感到古人所说的人生无常，咀嚼不尽其中的苦涩。张报陷入悲伤的深淖，像一只可怜的羁鸟。

青年时一腔热血，为寻救国思想，弃国离乡，颠沛流离，却总在不断地接受苦难，背负凌辱。尽管如此，他说：“我不能被整垮。”

1953 年初，斯大林病逝。6 月 26 日，苏联秘密警察头子贝利亚被捕。1953 年 7 月 10 日，苏联《真理报》发表公告：“苏共中央委员会全体会议听取并讨论了马林科夫代表中央委员会主席团所做关于贝利亚反党叛国罪行的报告，这些罪行旨在为了国际资本的利益颠覆苏维埃国家，其表现是阴谋把内务部凌驾于政府和苏联共产党之上，并决定把贝利亚开除出苏联共产党中央委员会，开除他的党籍。”12 月 23 日贝利亚被枪决。斯大林严重违反列宁的遗训，滥用权力，导致1936年开始的肃反运动中，贝利亚领导的苏联内务部制造了无数的冤假错案，迫害无数的受害者，张报就是其中之一。

张报的申诉有了进展。1955年10月6日，莫斯科军事法庭重新审查，判决苏联内务部1940年8月和1950年6月的两次对张报的判决作废。苏联总检察院报请苏联国务院决定，指示张报于1938年被捕前的工作单位苏联外文出版社恢复他的工作。

张报终于回到了莫斯科，真正回到了妻子身边，此时，华里列已经是大学二年级的学生。一次次磨难，十八年的劳役，妻子娜佳从不自怨自艾，始终娴静贤淑，张报无比感动，他决定和妻子一道回国。

1955年底，张报领到由苏联内务部颁发的出境签证，登上了回国的列车。23岁出国寻找救国道路的张报，此时已经53岁，30年的漂泊，从希望到破灭，从梦想到觉醒，但他不改初衷和执着的追求，对新中国充满着期待。

七

张报在苏联与李立三交上了朋友。当李立三和张报同遭逮捕后，李立三的夫人李莎与娜佳这两个嫁给中国人的苏联女子，相互照应，相互鼓励，共度维艰，结下深厚友谊。李立三是他一向敬重的人，这份敬重延续至三十多年之后。

李立三比张报先期回国。回到北京，张报就先到李立三家中报到。

“那天，正好陈毅也在立三家中，陈毅了解我和立三在苏联的遭遇，叫我给中组部打报告，请求中央审查并恢复我的党籍。”不久，张报被安排在新华社任俄文组组长。一年后，中组部撤销共产国际中共代表团1934年给张报开除党籍的处分，恢复党籍，党龄从1928年2月加入美国共产党时算起。

同年，娜佳享受苏联援华专家待遇，担任新华组俄文专家。

1962年，中组部决定把张报调中央编译局，任首席翻译，专门负责毛泽东著作的英文、俄文审稿工作。

“可以说，1957年至1962年，是我的家庭最为幸福的时光。”张报深情地说，“万万没有想到，一年后，我俩上演的却是那一幕劳燕分飞的悲剧，我又陷入万分悲苦的境地。”

人，拒绝不了岁月赋予你的一切。“文化大革命”开始不久，李立三就被迫害致死，作为老朋友，张报自然逃脱不了挨整的命运，这让他的精神受到了严重地摧残。

我长久地望着他。我就是这样走入这位老人，渐渐地了解他和他的人生，渐渐地明白追求在他的生命中是多么神圣;而情感又曾经是多么刻骨铭心地留在他的心上！也渐渐地认识到，政治是如何的摧残着我们的文化，摧残着我们的人性，摧残着我们的人生！

也许人的命运，只能从不断反思和不断发现中去理解。

面对着无孔不入的人生苦难，不同的人做出了不同回应。有的人选择了被击倒后的落荒而逃，而张报的政治生涯，漫长曲折的往事，有过叹息也有哀怨，依旧故我，幽默而率真，令我崇敬，一份润泽涌上我心。他的命运，反映了中国一代知识分子追求自我、追求理想、追求真理的风雨历程。而无论是怎样的风雨人生，张报始终渴望着爱人与温暖，热恋着光明和希望。这个世界之所以伟大和神奇，大概因为它的多样、多变和不确定性。所以，这个世界永远不会有能解决一切问题的所谓理论。

毕竟，张报走过的路让我读到了怦然心动的历史，那是一个人的国际共运史，我至少得到了一种微妙而复杂的体验——幸福、冷静、黑暗、情感等多种情绪的混合体；我知道，在现实生活中，我们从不会在某一时刻只感受到某种单一情感的，我们的情绪总是集合了多样化的层次。真可谓，命运因流离，漂泊一生；命运因坎坷，豁达一生；命运因曲折，热爱一生。

好在张报的晚年终于过上安稳的日子。那天，张报告诉我，他心里还有着一件放不下的心事，就是在美国与玛丽所生的女儿维多利亚。他正通过多方寻找。就在我探访他之后不久，老人找到了在美国洛杉矶一所大学任教的女儿。维多利亚得知父亲尚活在世，立马飞赴北京。张报兴奋地带着女儿回到广西老家认祖归宗。

其后，张报又得知娜佳及儿子华列里的消息，他不顾年迈，前往莫斯科与娜佳母子见面。1984 年，华列里来华探父，在家中见到李莎和女儿李雅兰，华列里与李雅兰一见如故，难舍难分，最终结为夫妻。张报与李立三又续上了缘，圆了一桩亲姻。

1996年1月16日下午，张报在北京西城区西廊下胡同2号家中不幸摔倒，动脉血管破裂，抢救无效于次日去世，享年93岁。

原载《美文》2015年第8期

上瑶山记

那年，有一些事发生了，有些从来的好笑容瞬间变脸了，仅仅午后。当然也怪我素来的大大咧咧，忽视了友人午时的提醒，以致猝不及防。同样愕然的妻子好半天才回过神来，她轻声说："明天，我们上瑶山？"

于是，远离是非之地，再次成为我人生节点的生活方式，一如 12 岁时的我，被父母塞进西去的列车，投奔新疆阿勒泰的亲戚。

其实，早些天全家已经提及"上瑶山"这个话题，当时大家都被专题片《遗爱大瑶山——费孝通·王同惠》吸引了。那天看到费先生蒙难大瑶山，痛失新婚妻子王同惠，却不改初心，五上瑶山，晓行夜伏，深入瑶寨，置早期悬壶济世的学医理想于一边，而毕生致力认识中国社会。我的女儿相宜被感动得泪流满面，说：“今年夏天，我们上大瑶山吧。”

没料到，家人的心愿竟以我的“远离”而实现。“行吗？”我问相宜。还有小学刚毕业从珠海来度假的外甥女小雪也想上瑶山，但我担心孩子们此行能否受得了。“没问题，我们想去！”孩子们很爽快地回答。

大瑶山位于广西中部偏东，桂江、柳江和西江三角夹着的2000多平方公里的高山区。民国十七年（公元1928年）夏天，在国立中山大学（现中山大学）校长戴季陶及朱家骅、傅斯年等人的慷慨助力下，该校著名学者辛树帜组织采集队一行五人进入大瑶山调查。一份当年采集队撰写的调查报告这样描绘大瑶山：“嵯峨众山，绵引足聚，地之广袤，达数百里。最高一峰，在六千尺以外。白云横岭，榛莽未辟，虫鸟乐处，太古遗民自称瑶者，宅居其间，都为七十余村，艺山田以自食。”而进山“路径艰险，皆为羊肠鸟道，轻装已感蜀道之难。”彼时，社会势利者“动辄盛道瑶山之艰阻”“烟瘴弥漫”云云。

如此环境下，刚从燕京大学毕业的费孝通与同学、新婚妻子王同惠利用出国留学前的空档，应广西政府之邀来到大瑶山，对瑶族进行历史和社会调查。他俩计划在大瑶山呆上半年，就可以完成瑶族支系花蓝瑶、坳瑶和茶山瑶的田野考察。三个月后的一天，他们在前往瑶民家途中误入森林，费先生踩中虎阱，王同惠狂奔回村呼救，失足山涧急流，不幸遇难。此时，他俩结婚仅108天。他们内心的洁净与勇敢，为理想而执着与献身。今日优越条件下的我们，却无法做到这样的勇敢和冒险，而是惶惶然于杯水之争中，谁之过？一想到大学时代，费先生与我们同居于母校；想到自己曾在出版社从事民族文化工作多年，编辑过与费先生相关的书籍；想到曾无数次感念费先生不远数千里来到大瑶山，不是一次，而是五次上瑶山田野考察，为广西瑶族扬名。而大瑶山离我的城市并不遥远，可是它却一直在我的脑子里打上马赛克，成了我生命中的盲区，实在令我羞愧与反思。

从南宁出发，在高速公路上向东北行二百八十多公里，即进入层峦叠翠、茂林修竹的金秀瑶山境界。这一片逶迤的高山群落，山色由绿及苍，让人舒畅地在充满勃勃生机的生态空间里漫游。我把汽车空调关了，按下车窗，山风抚心而过，神清气爽。此时，与七月无风，充满口臭和耳语，充满功利的、相互挤压的城市相比，简直就是一个清静的世界。车子由平坦的柏油马路进入大瑶山腹地金秀县城。金秀县城原是金秀村，过去南宁至金秀村“路径艰险，必三日始能到达”，而今，我们只用了三个多小时。当我置身于这一幽谷里，站在溪边听哗哗流淌的山泉声时，我惊喜地发现，我正徜徉在世外桃源中。

瑶族人民在不断地迁徙之后，定居此地，开辟荒野，留下刀斧的痕迹，土地因而生机盎然。他们在这儿创造自己的生存之道，把这里变得更好，成长并繁衍了一代又一代，说明了他们的存在，而他们的存在又吸引像费先生夫妇、中山大学采集队以及后来更多的靴履，让我们记住一些名字、一些并不遥远却有意义的事情。此时，我已抵达瑶山，脑子骇然悚然，在这地老天荒的自然大山面前，好像面对了费先生。

我们在县城的宾馆住了一夜，恬人的夜晚安祥宁静，城市喧嚣的创痛已渐行渐远。似乎换了人间，其实，人生路有许多。比如费孝通如鲁迅放弃医学的人生路，而毕生走在疗救人的精神与社会之旅。

第二天清晨6点，我倾听着外面的世界静寂无声。我们要上圣堂山。圣堂山是大瑶山的最高峰，离县城三十多公里。“昂首霄汉，群峦俯伏其下，壁立千寻，险不可阶。”当年，费先生曾“一度探视，高山仰止，无路可通，辟草芥，开路而前”。大瑶山太大了。至今还有许多盘绕的崎岖小道，有的窄得只能一个人通过。山路对所有人敞开着胸襟，任何人迈出一步都必须付出自己真实的汗水。幸好，当地人告诉我们，圣堂山现已修建了石阶，可从山腰拾阶至顶峰，但仍要三四个小时。

这也绝非一件容易的事情。我看大家有点沉默。我则不甘心。有些事情只有从个人的必要性来看，才会有意义，而我们必须自己去选择这个必要性。此进瑶山，我只想用我的双脚，用历经风霜的心灵去开拓新的视界，抖丢碌碌奔尘，抛弃世俗所累。

而孩子们是要鼓励的。“孩子，想想费先生和王同惠当年比我们难多了。”我为女儿打气。小雪才13岁，又娇弱，仿如一只被风不经意就吹落的小鸟。妻子拍拍她肩膀，说：“不怕！”

出了县城，抬头远望，是大山的绿和旷远。我们驱车盘上了山腰。因为下着小雨，一些游人在山门徘徊犹豫。雨不能成为阻挡我们上山的羁绊，让我感到一种神秘力量潜伏的是，抵达山腰时这份沁凉。于是我们撞开山林，拾阶向上。遮天蔽日的古树，掩映着数千级的石阶直上高陡的山顶。足下的石阶是潮湿的，苔藓和暗色的草皮因夏天多雨而湿透着。我们一路搜索着周围的树林，捕捉万物点点滴滴的声音。除身旁隐约的潺潺水声外，虫叫鸟鸣一声一声间或回响，这些精灵必定在繁芜的林莽中聆听我们的动静。每一次树枝的断裂，每一次枝叶被风摆动，孩子们都以为身边会突然窜出什么活物。因为，充满神秘色彩古老而又贫瘠、危险的森林，仍然存在于我们的生命里。难怪费先生曾经这样叙述："一阵风来，震撼山林，长啸如笛，怪鸱磔然发声应之，令人生怖。"就像我们所认识的世界都会以某种方式，回到那个幽灵之处，在那儿有人在磨刀霍霍。我想，如果不是这条被无数双手脚开辟的步道，我们很容易消失在这座大山里。

我不由自主地想起费先生夫妇。白天，他们走的羊肠山道，攀登险峻的山崖，钻进人迹罕至的草丛，穿过茂密的原始森林，同恶蜂、山蛭、毒蛇搏击，战胜各种难以想象的困难。晚上，他们住进瑶寨，调查访问瑶族人民的社会关系、生活状况、宗教信仰、民间风俗，同时还搜集歌谣和整理标本。在眼前的山里，我仿佛看到了他们的身影。他们在这样的环境下做了该做的一切，然后问心无愧地走到生命的尽头。至今，提起他们，当地的瑶族人民心里都还记着。当我真正地走在他们走过的路上，就会无法忘记他们的冒险在当时以及后来所代表的意义。

今人修建的石阶，对于后人是一件功德事。让我的心跟着它，在山中旋转。圣堂山实在太陡了，爬一会儿胸就开始发堵，腿也变本加厉地发僵。一个多小时后，我们才到了海拔 900 多米的隘口。隘口有一道石墙横跨于两峰之间，是用一块块巨石垒成的。石墙爬着青藤，布满青苔。据说，这是明代瑶族人民起义反抗朝廷被迫退守到这里建筑的。明朝嘉靖十八年（公元 1539 年）二月，明军攻打瑶族人民，残杀数百人。为保存实力，瑶族人民退入他们的“圣山”筑石墙防守。至今石墙上还遗留有许多刻石文字符号，但它们要表达什么内容，还无人知晓。云雾从眼前飞过，我突然明白，历史本身就是一个巨大的迷宫。

离开石墙，沿着石阶，往隘口北面山谷继续往上，我们还有很长一段路要走。走着走着，小雨没有了。凉风令人精神一振，我深吸一口气——自然的生命，旋即感到力量的复苏。眼前豁然开朗，但见左右群峰叠耸，列岭排空，铺展连片的变色杜鹃林。据说变色杜鹃，苞蕾时是鲜红的，花开时变成粉色，盛开后成了白色，凋谢前又成了黄色。这种难得一见的花木“异类”，唯有圣堂山上才能生存。它们或盘根石缝，或横枝峭壁，或簇拥崖下，随意恣肆，自在自为，那样猛浪若奔，放浪得如同嗜酒的草圣张芝，大醉后呼叫狂走，又以头发濡墨，在这苍山夹峙间迅疾一甩，成就眼前万亩靛青色的一片，每到五月，不约而同地张扬生命的繁花。可惜，我们错过花期，爱花的妻子啧啧不已。

天气更冷了。体力的下降，对我而言是一次考验。毕竟自己年龄与体力不像年轻时那样了。我看孩子们也累得够呛，大家都不说话了，听到的只是急促的喘气声。“这是最后的冲刺，孩子们加油！”我拼命地挤出气喘吁吁的声音，保留了那份纯真和简朴。其实，我们每登高一步，山就为我们增添一分高度。

我想，当年费先生他们“自晨八时起至午后四时，历八小时，始得达山腹高四千五百尺左右。而云气弥漫，不辨方向，不能更上，遂中道返。计其巅去人力所能至处，当再有千五百尺外。”据说，费先生后来也未曾登顶，可见，他们当年走的路是何等的艰难，而我们走在今人开辟铺设的捷径上，开始虽有小雨，却无“云气弥漫”，还用了三个多小时，况且一路美景相伴。终于登上了山顶。这里显然摆脱低谷的荫翳，一派开阔、疏朗与明洁。那虬枝横生的五针松，仿佛撑开的云朵伞盖；主干凸壮的圣堂铁杉鹤立鸡群于变色杜鹃之上。最大的一棵成为瑶山的标志，见诸各类书报，据说它树龄有600多岁了，枝干缠满苔丝，铁骨铮铮，像一把巨伞，以茂密的枝叶庇护着这片大地。这些铁杉令人真正懂得什么叫生命，什么是历经沧桑，坚忍不拔。站在这里，众山皆小，更遑论前日城市无良的一声一息了。

真的风和日丽。

阳光照在树上，珍珠般的水珠在空气中闪闪发亮。这种光亮和灿美，正是我所期待的心灵的松弛和解放。我迎着风，自由自在地散步，穿过一株巨大、扭曲的罗汉松，走到一座木屋前，一股烟囱飘出的柴火味扑面而来，久违了，这种生活中最原始、最朴素的气味，却在城市基本绝迹了。这味道让我想到温暖的厨房和那些山珍野菜，顿时饥肠辘辘。

“该吃饭了。”已是中午一点多了。我招呼在花树美景跟前眺望远方的妻女们。跨进山顶唯一（只能是一家，多了就破坏了生态环境）的木屋餐馆。热情的主人说，我们是今天的第一批客人。我听到厨房里传出了忙碌的切菜声。新鲜的各式野菜吸引着妻子的眼球，三下两下她就把几个菜点好了。这些美食在城里的餐馆里，可想而不可及。

“不喝一杯再走？”一转身，妻子把一杯红红的满满的酒杯放在我面前。“稔子酒”，这是一种叫桃金娘的植物果实泡的果酒。别看这家简朴的高山餐馆，硬是把野菜都做得美味可口。气味浓香的野猪肉，野气横生的山韭菜塞满了我的口腔。稔子酒此时饮来，真好。我想，这可能是自在从容所生的一种满足感。这里不仅有我们想了解的事情，而且明明白白地告诉我们，原来自己对生存其中的世界了解得多么肤浅。看一看费先生来过的大瑶山是何等奇崛宏阔，在它的前面，先生们在后来的日子里都可以“荣辱任来去”，面对这样的自然造化，我们这样的蝼蚁之躯又算得什么呢？

我坐在餐馆，慢慢地喝完我的杯中酒。

妻子在催促下山了。下山有数千级石阶，比上山要辛苦十分。妻子跟着女儿，我护着小雪。看到小雪不断发抖的双腿，我连声道：“小雪妹妹，对不起！让你受苦了。”“小雪，不怕，你能行。”是的，一个城里的小女孩，上山下山来回 8 个多小时，真的为难她了。但是一生中有过这种锻炼，也许会终生难忘的。

循着下山的路穿过树林，路边各色的花，大树、小草、长藤都在雨后散发着诗意为我们做伴，我们慢慢走着，何等好啊！阳光渐渐消逝，我心里却很快活。没有了在焦虑和恐惧的丛林里彼此相互无尽地追逐。虽有疲劳，多了一些经历，利用时间创造自在和满足感，以及内在自我的更新。路开始慢慢地弯曲、下降，我的目光越过河流，此时，恰是在落日的余晖之中。

第二天，我们都不愿离开大瑶山，循着费孝通的足迹，我们又顺山爬上爬下，走进瑶山六巷村瑶胞家里，快乐的心也越装越满。在另一个清晨，我们把一束鲜花献在梧州白鹤山王同惠和费孝通合墓前，2005 年费先生去世后，家人遵从他的遗愿将其部分骨灰与王同惠合葬了，分别 70 载后又相聚在当年王同惠的长眠地，何为生死相许？山川也为之低回。我想，我们浅浅踏过费先生走过的路，收获了许许多多，包括我还未悟到的，仿佛重生。第二年，相宜丫头如愿考上她心仪的大学。看到她发表了不少相关文字，我想，这次上大瑶山对她的成长是有意义的，这不，今年暑假，她又嚷嚷着要再上大瑶山。

走笔至此，想起鲁迅先生所言："所谓回忆者，虽说可以使人欢欣，有时也不免使人寂寞，使精神的丝缕还牵着已逝的寂寞的时光，又有什么意味呢，而我偏苦于不能全忘却，这不能全忘的一部分，到现在便成了《呐喊》的来由。"于我，上瑶山不能全忘的，便是这番丝丝缕缕了。

原载《民族文学》2015 年第 1 期

沿着河走

在写父亲的作品中，朱自清先生的《背影》给我留下了深刻的印象。这不仅是在于作品中流露着对父亲的深厚情意感人至深，而且在于这种深情所投射的对象——背影。随着自己越来越老，“背影”这两个字越来越引起我对父亲这一角色的思考和回味。我总是想，朱自清为什么不是面对面表达出自己对父亲的深情和理解呢？为什么要在眼望父亲背影的那一刻热泪夺眶而出呢？而更重要的是，为什么这个背影能够比许许多多父亲的正面描写更能打动人心呢？

我不止一次地想起父亲。我们曾有过朝夕相处，艰难度日的时光，父亲对我是慈祥的，也是严厉的，但总是不能和像母亲一样亲密。

直到有一天，我跟随着父亲第一次回到老家的时候，我才发现我实在对父亲了解和理解得太少了，因为我实在很少有与父亲面对面的交谈，所以如今我只能永远面对父亲一直远去的背影思念和怀念他。在这里，背影不仅是父亲的影像，更是一种失去的久远的历史情感的象征，能够唤起我们对人生永恒的追悔。不错，人们都怀念自己的父亲，但是却有一代又一代的人只能面对父亲的背影进行追思，把真正内心的理解和认同诉说给远去的风、海浪和下一代。

回老家的路够远的，坐了很久的车，然后，沿着一条河边走。山谷很窄，窄得像一条长蛇。那年，要不是父亲下决心领着我回老家一趟，我真不知道，老家竟在深山里，很荒僻，却很美。河的两岸青山耸峙，河水中岩石要么只露出一点点，要么干脆没在水中。河水顺着蛇一样的山谷流淌着，很远，不知尽头。老家破旧的房子建在河边，打开门，就看到绕着稻田流淌的河水。阳光停留在岸边竹子的末梢，原始稻作田里耕牛悠闲地时而低头啃着青草，时而抬起头来独自哞哞，似乎向我讲着一些远离喧哗的事情。平时，父亲总是对我们尽情地说起那些艰难岁月走过的十万大山，却从来没有向我们谈过家门田园的一湾碧水。

老家永远是游子难以释怀的归宿。父亲离开几十年后第一次回到老家的时候，是我第一次站在这条小河边的时候。我想，在这之前一个个寂寞和相思煎熬的夜晚，父亲一定会常常梦见这条小河。这清澈的河水，一定是他儿时常常眷顾的地方，因为这条小河是村里孩子的游乐场，天天都能掀起一波波喧嚣的水花。天快黑了，忙碌了一天的母亲们记起了孩子，在一片呼唤或责骂声中，玩得正乐的孩子们一个个不舍地从河里走了上来。

那天，走进家门，父亲再也回不到童年，面对着老屋中堂墙上挂着的爷爷奶奶的相片，走过枪林弹雨和心灵摧残不曾流过一滴眼泪的父亲，却无法堵住泪水的闸门。屋外那潺潺的水声，让他的心似有无边的寂寞和凄凉，受尽苦难的父母早已如水远去，家也随着他们而远去了。目之所及的景物，令父亲奔涌般的泪水如湍急的河水，在他的心里搅起圈圈旋涡。

在现在说起来快要让人忘记的日子里，父亲循着小河流水的方向，用一个青年的热渴，敞开了深藏的夙愿。可是他看到的是人们艰难的日复一日的生活，他背负了忧患和创伤。也许他曾经把流过家门的河作为一个可以推心置腹的倾听者，看着身边流过的河水，想要找寻心中的上善之水，更找寻哪一条河可以成就他梦中的奔腾不息和汹涌跌宕。

终于有一天，他沿着河走，翻山而去，看着远方更高更大的山峦，看着小河远去，心一点一点地沉重了起来，于是，有了一种血性的升华，从此，他知道了“国家”的概念，他要把生命的激情平摊于天宇之下。他离开了老家，去寻找更大的江河。

然而，战争给人类带来的一定是苦难，要么是死亡，要么是无处寻觅的离乱。对许多人而言，留在老家终日牵肠挂肚的父母，就像挂在墙上的相片，脸上布满纵横交错的、深深的皱纹。我感到一般人的皱纹都长在额头和眼角的周围，而他们却连双颊都不曾空着，犹如老家的崇山，重重叠叠，深邃而深重。战争使多少人的骨肉，不是草草浅埋在荒山野岭，便是漂泊千里，渺无音讯。可是，当一个时代结束，又一个时代诞生时，远在深山的双亲想到的便是燃一炷香，祈望轻烟上天，给那个混沌世间中死去的亲人捎去战争终结的消息，也呼唤着活着的儿子早早回家。

在老家的祖屋，我把视线停留在两位老人安静的照片上，我想象着，在艰难日子里拉扯大的两个孩子决意离家的那一刻他们的心情。我给他们点上一炷香，拿在手上，想起了曾经背过的那首唐诗："慈母手中线，游子身上衣，临行密密缝，意恐迟迟归……"生活在太平盛世的孟郊把母亲的心愿，把对儿子的爱表达得至真至诚，而乱世中我的奶奶是否知道自己的儿子沿着河边走，就意味着将生离死别呢？浩浩人间，不论战争与和平，有孟郊的母爱，就有所有人的母爱，而处在战乱中的母爱更令人揪心扯肺。那天，我的奶奶一定是久久地站在河边看着儿子的背影，越走越小，越来越模糊。那时整个村子，奶奶一定感觉到无比荒凉，冷风吹着她的头发，孤独的身躯站在萧瑟的旷野里。或许她的心里早就知道，这一离别，就是永别了。家破了，国破了，但充满阴阳的世界里依然充满着母爱，或悲或喜，或乐或哀，浸透着母亲的殷殷心血。或许她根本不知道，这两个沿着河边远去的儿子，会穿上不同颜色的军装，穿上军服的两个儿子在战场上竟是敌人，脱了军装便是同胞共脉的兄弟。或许她还不知道，30年未能回家尽孝替她分忧的小儿子，足足竟被审查了30年。如此的惨烈，真不知道爷爷奶奶是如何走过人间的委屈，生活的苦头，他们至死保持着相片上的笑容。第一次回家的父亲失声痛哭，哭这一切。

奶奶积淀的性格，父亲承续着。这些积淀和承续使父亲在极端的境遇中有一种心力支撑。生命中的一层层阴影，始终包围和笼罩着父亲，多少次申诉遭遇各种来源不明的阻挠，一场场的运动接踵而至，“一放”便是 30 年的生死折磨。苦难当然也伴随着我，让我自小懂得了什么叫世态炎凉。但是，我这一辈子最能记住父亲对我说的一句话，那就是“面对人生所遇到的苦难和委屈，你要学会一笑了之。”我知道这是一种无奈，而恰恰是这种无奈练就了父亲笑对苦难的信念和态度，也使我深深地知道人生是不会一帆风顺的。我决不相信，人只有在愚昧之中，才能随顺自然安度一生。父亲是男人生命中永远不能摆脱的影像，尽管他不像母亲的影像那么清晰，但是却有着一种根深蒂固的影响。他的眼睛正是他能洞察一切、预见未来能力的象征，他能够清楚地看清楚人的内在灵魂，并由此看到将来要发生的事。但是，为什么只有在困难时刻，父亲的意义才涌现在我们身边呢？这也许是父亲的另一重困境。实际上，父亲和母亲一样总是环绕在孩子身旁，只是人们往往感觉不到他的存在和意义。同时，这也许是一种预示，一个人只有到了成年之后，只有经历了许多之后，才能真正理解父亲及其存在的意义。

眼前的一切模糊了起来，香火成了一团火苗，轻轻跳动，这一团跳动的火苗，始终在我的心中。同样经历过生离死别的作家龙应台说过，所有的颠沛流离，都是从江河流向大海，所有的生离死别，都发生在某一个码头，上了船，就是一生。

我老家的小河没有码头，也没有船，父辈沿着河走的历史已如河水般无声地流过。如今一些章节无法书写，像风过无痕；一些字句无法印刷，像被水打湿。我看到的是月光下河水泛起的光耀，抚摸到时光照在心头那丝丝寒意。

沿着河走，是为了寻找更大的江河，也成了一代代人对一段历史的万种滋味，那“隐忍不言的伤”埋在历史的深处隐隐作痛。可是，我注定爱着老家深山里的这条小河，因为我生命的根须就在岸上。沿着河走，它让我感激生命给予一双眼睛和一个脑袋，去关注和感受父亲的背影，使自己在人生的路上变得更加坚韧。

原载《钟山》2010年第6期

国殇二题

腾冲小团坡

为了追寻父辈们20世纪40年代的历史真相，我走访了许多出生入死的老人，韦二是其中令我难以忘怀的一个。

韦二，80多岁了，在人们的眼里，他一直是个沉默寡言的人，没人见他哭过，也很少人见他有过笑脸。然而，那天，韦二和他的老伴在家看了电视剧《我的团长，我的团》，韦二哭了。几天后，韦二的儿子带着他和老伴去了趟腾冲，在国殇墓园的滇西抗战纪念馆的展台前，韦二看到了一张照片。

一位年轻战士与日军搏斗得血肉横飞，那种痛苦尽管难以自抑，却还用枪杆撑起模糊的身躯，他张开大口，垂死前仿佛一口白牙也要咬死一个入侵者。韦二很想把这张照片撕下来。他不能。他只能在这张照片前留了个影。

他拿着这张留影照片说："我的战友啊，这么多年过去，我终于见到他了，虽然在照片上。要是像他一样在战场上'壮烈'，我后来的日子就不那么苦了。"说话间，他的眼睛闪着泪水。

韦二出生于广西宾阳县一户农家，16 岁那年，在国民革命军第五军的表兄拉他参军，说去打日本侵略者。"大多数中国人都不愿意国家被侵略，那时候不是说：地无分南北，年不分老幼，都有守土抗战的责任吗？我们是为了国家上的前线。第一仗就是参加杜聿明军长在我家乡指挥的大仗。"韦二所说的是 1939 年 12 月，为打通西南交通线，国民党最精锐的第一支机械化部队第五军向驻守在昆仑关的日军发动攻击。战斗中全军将士奋勇搏杀，三复三克，重创曾参加过南口、忻口、平型关、太原、台儿庄等战役，号称"钢军"的日军板垣征四郎第 5 师团，歼敌 4000 余人。此战作为中国军队首次以攻坚战打败日本"钢军"的辉煌战例，在中国近代战争史上，留下了浓墨重彩的历史痕迹。战后，韦二跟着部队到云南，他被编入第 20 集团军。1944 年夏天，第 20 集团军直逼陷落于日军手中两年的腾冲城。重访腾冲回来后，韦二开始向人们说起过去从不敢说的腾冲之战。

他说："腾冲很难打，它的城墙是在五百多年前当地人用石头筑成的，连四个城门都是用铁板做成的。7 月底，我们三连攻打腾冲城外的来凤山日军阵地。之前，进攻了两次，都没有上去。一天晚上 8 点，我们再次向山上发起攻击，三连打头阵，全连有 150 多人，冲上去就剩十几个人，二连没剩几个人。”来凤山是腾冲城外的制高点，山上有隧道通往城内，日军把所有的重武器都用在来凤山上。

“我们刚冲上山头不久，日军又冒出来，子弹、火炮像下雨一样向我们打来，我们一退下来，日军就追了下来，当时受伤的战友王夫跑不及，叫我们赶紧退回去。王夫拖着伤痛与日军肉搏的场景，被藏在一个隐蔽坑里的美国兵拍摄下来。就在我们快退到自己阵地时，我听到后面山上一声爆炸声，是王夫拉响了一颗手雷和他身边的五六个日军同归于尽。”

韦二说，打仗前王夫与他说过自己“万一”不幸就“成仁”，决不当俘虏。最后，韦二他们使用美制四四型火焰喷射器才攻下了来凤山。

当硝烟散尽，又有谁能想象得出，在腾冲的山野上留下了多少像王夫这样的血肉之躯？韦二悲壮的往事不时跳上我的心头。

前些日子我到了云南。办完事，朋友说想到下面什么地方走走？我说去腾冲。终于，我可以去看一看韦二的腾冲，看一看国殇墓园了。

那天到腾冲小团坡，斜阳衔山，四周挟裹着阵阵冷风。下车便看到墓园门额上“国殇墓园”四个大字格外醒目，沉重而肃穆。这是腾冲国民党元老李根源借楚辞《国殇》而题的刻石。腾冲各界民众为了纪念腾冲血战的胜利，缅怀先烈，决定厚葬阵亡将士，在城郊小团坡建立忠烈祠、烈士冢和纪念碑，于次年抗战八周年的 7 月 7 日正式落成，命名为“国殇墓园”。

沿着门内的甬道向上，忠烈祠周边数棵高大倔强的杜鹃树上，花开满枝，不踞不傲，坦坦荡荡。我从来没见过这样的杜鹃花，鹅黄中透着金色，庄严高贵，这样乍现在墓园里的杜鹃让我惊心。忠烈祠门头悬放着于右任草书的“忠烈祠”牌匾，祠内黑色碑石上安放着克复腾冲 9186 阵亡将士的名录，那是韦二的战友。蒋中正的题词“河岳英灵”刻于祠的上檐，两楹是何应钦题联“气壮山河成仁取义”和“光照日月生荣死哀”。我眼前闪过一道阴森的寒光，隐约听到了风声、枪炮声与灵魂的尖叫声，王夫和他的战友们像潮水般一浪高于一浪涌上日军阵地，顷刻又像退潮般卷下，罪恶的子弹穿过他们的胸腔，成片的影子倒伏于山野。人们都说杜鹃鸟啼血成花，那一定是王夫和战友们把旷野当作自己生命的归宿，一朵朵含苞、渐开、盛开都自然芳香，壮烈洒脱。

直指苍穹的纪念碑巍然立在小团坡上方，第 20 集团军司令霍揆章将军在碑文中这样叙述腾冲会战：“腾冲城垣坚厚，河流环绕，锁钥边陲，素称险固，倭寇盘踞两年，密缮守备，洞穴隧道，纵横交通，炮垒枪巢，星罗棋布。”“凶悍之敌，犹负隅困斗，凭借坚固之工事，与街市之房屋，步步争持，处处激战，硝烟蔽日，弹雨迷天，肉搏血飞，草薙禽狝，历四十余昼夜，至九月十四日，将敌完全歼灭。岩疆重镇，重见天日。积尸为阜，流血成渠。锦绣市廛，尽成瓦砾，遗民相见，痛哭失声……”一个个长满青苔的墓冢阶梯式整齐地排列至山顶，呈半球状的山坡上竖着3168块碑石，上面分别铭刻着3168位殉国者的名字。我仿若看见晚霞照在这支部队一个个威武不屈的壮士脸上，一个个忠勇刚强，视死如归，剽悍却敌；他们是一把把锋芒闪烁的利剑，向着鬼子头上砍去，令一万多名日军魂销他乡。

栖身于树上的乌鸦悲凉而强劲地啼叫，刺痛我的心。我仿佛触动了这场战争的真实，听到了王夫、韦二等浴血勇士的呐喊，及其背负的满心伤痛。这些埋在一抔黄土之下的勇士们，都是娘肚里生下的孩子，他们大多为二十岁左右的年轻人，却远离故土和亲人，投身于残酷的绞杀之中，美好的年华被枪弹打得百孔千疮；然而，他们抱定牺牲一切的决心，以身殉国，毫不惧怕。

墓园的抗战纪念馆，王夫牺牲前的照片和许多珍贵的影像都记录着腾冲会战的场面。生动的场景、故事和细节，展现已经远去了的硝烟，追怀一种恒久的精神，让我感奋，又让我唏嘘。

腾冲血战在中华民族的抗战史上，写下了一页悲壮的篇章，我们每一个人都应以血诚之心阅读这段史诗。然而，政治风云的变幻使得这场残酷而闪亮的战役长时间被历史遗忘，墓园过去几十年一直关闭着，埋葬于小团坡的3168个荒冢一直被尘封于历史幽暗的密林中。

中国的国家记忆开始渐渐地走向完整，这是一件值得庆幸又绝不可以逆转的大事。国殇墓园打开了大门，一个个长满青苔的荒冢终于走出遮蔽，重返更多中国人的记忆，唤醒更多的沉睡者。一个个被唤醒的灵魂，就是一个民族的灵魂。

韦二回到当年的战场，见到了安息的战友，他说，再也不要打仗了。

腾冲归来，我迟迟不能从国殇墓园回过神来，总想着，国殇墓园躺着的一个个英灵，还有幸存的韦二们，都是悲壮和悲凉的英雄，令人敬畏，国殇的泪河在历史深处无声地奔流。

原载《沿着河走》2012年1月版

月为谁清明

广西与越南接壤的边地，白日举目，那绿是一笔带过的，山水丛林，无不一荡而尽，绿得干净；夜里穿行，那月是一色清朗，沟坎溪间，无不一览无余，明得顺意。谁能知道这里每一寸土地都经历了无数次战火，随便指出一处，说不定就有一段传奇的故事，有一段曲折的磨难。那过去的一切，也许隐隐约约，虚虚幻幻。绿意和明月无言，而边地遗迹却依然可以把历史深处的光荣和苦难清明于世。

白玉洞，就是这样一个装满了英雄的光荣和苦难的悲凉之地。英雄是广西蒙山人苏元春，清末的广西提督，保疆卫国的抗法英雄。

白玉洞坐落在凭祥市区北面，这里群山雄峙起伏，沿着座座峰峦，依山顺势修筑着一道城墙，将周围的山连成一体，直达龙州市边境的群峰，绵延数十里，蜿蜒伸展，时隐时现，蔚为壮观。凭祥境内名为大连城，龙州境的称小连城。大连城内有大行宫、提督行台、演武厅、军械局、兵房、练兵场等，是一座很有规模的坚固的军事防御工事。白玉洞便在大连城内的半山腰，洞口左侧有一条路直通山顶，山顶上四面边境一览无余。于是，白玉洞这个险要而隐蔽的天然溶洞便成了苏提督的军事指挥所；于是，大小连城与高耸陡峭的群峰，顶天立地面向国境线连成一堵巨墙。俯瞰山脚，则怪石嶙峋，陡峭险峻。如此一夫当关，万夫莫开的壮举是苏元春建造的，连同百余座这样的城墙、城堡和炮台。确切地说是苏元春领着无数的广西人用了6年的坚执创造，2000多个日日夜夜的生死煎熬，才使这道雄伟壮观的军事城墙蜿蜒山巅，矗立在南国边疆。100多年来，这些坚不可摧的防御工事挡住了多少外侵的枪炮轰击，经历了多少战火洗礼，一如纵横华夏大地的万里长城，历史也无法说清。山奇水秀的边地高山只能以一道道城墙、一座座城堡来述说苏元春在光绪年间中法战争的盖世功绩；以他把提督署从南宁搬到前线大连城的白玉洞的壮举，述说他把个人福祉和国家安危系于一身的上善大勇。如此清正忠义，如此雄才大略，却魂断边地。血腥的冤屈花朵就绽放在白玉洞里。

苏元春少从湘军，征战有功，累官至三等轻车都尉，获额尔德额巴图鲁号。1884年，被荐于爱国名将冯子材麾下。他英勇善战，镇南关一战，协同冯子材把法国侵略者打得落花流水。清朝光绪十六年（公元1890年），中法战争以后，苏元春提督广西军务，以桂军20余营部署于广西边防一线。其中10个营驻守镇南关一带，4个营驻守镇南关以东的宁明、上思边境，6个营驻守龙州以西的归顺、小镇安一线，以镇南关为中心，连接东西两翼，相互支援。为了加强边防指挥，苏元春以广西提督兼边防督办的身份，令督署由南宁迁至边关白玉洞，亲临一线指挥防军作战。

苏元春抵达防线后，遂“取连城险塞，屯兵积粮”，“建行台其上，暇辄取健儿练校之，授以兵法”，“筑炮台百三十所”，“屹然为西南重镇”。在险峻的高山之巅修建炮台，要把怪石嶙峋的山头削平，将盘山道路开通，将一块块砖、一方方沙石和其他建材背上去，将数万斤的大炮一寸一步地拖上去，这样的工程就像当年秦始皇修筑万里长城一样艰难。苏元春为了国家民族安全，亲自“勘城度地，周历审顾”，“凡三易寒暑，厥功始成”。因工程浩大，官府财政空虚，经费不足，他便带头捐资，依靠大家节衣缩食。《中法战争调查资料实录》的237页上这样记载：“苏元春的军队在那里起营房，士兵和百姓一起种菜。苏元春也亲自到菜地来问老百姓的生活情况。”苏元春就是这样建成了这固若金汤的边防长城的。这就是大小连城。

沿着城墙是一个个威猛的炮台。就说友谊关上的炮台吧，从石梁飞架的“相台”进去，左边约十米见方的石室叫“兵房”，石室的左右，设有“药局”；石室的正面，置有“子库”。井然有序，部署无遗。出了兵房，走过掩体，迈上石阶，便到了炮位，一块约十五米见方的长石圆墩，炮辙还很明显。当年苏元春购置的德国制造远程钢炮，就架设在上面。而每个炮台，又是一个能攻能守的战斗整体，取其正前山峰，高筑瞭望台，以窥敌情；取其东峰设东哨；取其南峰设南哨；战壕沟通，前呼后应，击敌自如。而苏元春购置的一百三十门大炮，便设防在西起凭祥镇南关，东至宁明各关的千里边防的千座峰峦之上。连城炮群，取掎角之势，成弧形之阵，既如引臂待敌，亦似张弓放矢，真是“控制一隅，即可控制四方矣！”苏元春巧设连城要塞，真是有胆有识，雄才大略。由于当时连城防线的修建，遂使法国侵略军因而不敢北望，国家边境始能“薄海澄清，遐陬静谧”，边民才得安居乐业。

历史书籍言简意明，边地遗迹历历在目，他们却淡化了一个复杂而苦难的过程，即如此的苏元春，却被朝廷贬谪西域，置于死地。罪证恰恰为他在大连城南段的军事指挥所白玉洞的洞口题刻。

遥想当年，苏元春建造大连城发现白玉洞时是何等的欣喜。这个天然奇特的喀斯特大溶洞洞幽石美、阔大通天，洞内大洞套小洞，下洞套着上洞，初次进洞，恍入迷宫，这隐蔽在半山腰的大岩洞简直就是上天赐给他的前线指挥部。这样的地方还有小连城半山腰的保元宫，稍加修饰，白玉洞和保元宫自然便成了苏元春办公的地方。战争间歇，名人骚客还纷至沓来，吟诗作赋，摩崖题刻。尤其清风朗月的夜晚，仰望白玉洞的通天洞口，那形如半圆的月亮，斜斜映照进来，恰恰照亮半个岩洞。月与洞、洞与天的半圆景致生发了苏元春的灵感，于是他挥毫写下了“明月与天分一半”七个苍劲飘逸大字，并且题刻在白玉洞洞口的上方。然而他哪里料道，在他保疆卫国的前线阵地坐对大山，邀来明月，一时的性情墨宝却被人说成了欲与清王平分天下的莫须有罪名，这七个字竟成了终身之祸。苏元春一头雾水，蒙冤叫屈。而专制之下，容不得他辩白。一纸“叛君谋反”，被朝廷充军，发配新疆，后客死迪化（今乌鲁木齐）。一寸丹心图报国，两行清泪为了谁？中国的近代史在这里既写下了不尽的荣光，也写下了不尽的屈辱、不尽的悲凉，还写下了朗月因人事因专制的人为阴影。幸而岁月有情，大浪淘沙，历史终将还其面目，月也终将为真善忠义清明。

保元宫门楼上还有苏元春的一副对联：“江城如画俯瞰交州岩岫有灵严锁钥，楼阁环云上通帝阙神仙应喜此蓬莱。”这位镇边的爱国将领把贫瘠的边陲，寂寞的荒山当作仙景，当作家园了，这是真正的“以阵地为家”，真正的身先士卒，真正的献身国家民族。历史却对如此英雄的苏元春进行血腥和残酷地迫害，如此的文字狱，我们民族的历史上发生过太多太多了。一些为国家、为民族做了大好事的人，没有牺牲在敌人的炮火之中，到头来却消失在内部的谗言和明枪暗箭里，岳飞的风波亭在先，苏元春的白玉洞在后，历史就是这样无情地在刑场上接力赛跑着，而其中往往给人以壮烈感和悲剧感的，都与政治专制、腐败私欲有关。内耗也罢，设陷也罢，诬告也罢，诽谤也罢，最能体现文化的劣根性了。

天下之祸很多，人生之祸也很多。天灾、兵燹，疾病，死亡……都是祸，这些祸都很残酷，但给人精神上打击最大的还是文字狱，其定罪易、量刑重、株连广，其残酷毒辣，实属世界罕见。统治者或根据当时的政治需要，或个人一时的喜怒，对打击对象的言论、诗文、著作任意曲解，甚至故意歪曲篡改极尽捕风捉影之能事。于是，明明与政治无关的，可以解释为诋毁、狂悖；明明抒写清风朗月，却扩大为影射、叛逆，处以凌迟碎剐，甚至诛九族，瓜蔓抄。秦以前的中华历史，并无文字狱，秦"焚书坑儒"之后，文字狱越演越烈，尤其顺治、康熙、雍正、乾隆四朝大的文字狱就有130余起，而且依次一朝比一朝次数多而残酷。历史和现实有时就这样奇怪地胶合在一起，令人屈辱和牺牲，令文明蒙羞和倒退。但愿今后的社会多存人性，放下屠刀，不再有这样的旷世之痛。

唯有如此，朗月才可能为谁都清明。

触摸着白玉洞那风雨剥蚀的石块，就如托起了一页页历史的殷红，我们大多数读物沉溺于流行的文字，却普遍缺乏记忆的真髓、血性与骨质，缺乏知觉、沉痛和耻辱感，更缺乏灵魂的拷问，矫饰、轻浅、单薄、圆滑，不仅不能解释已经发生的历史，而且造成历史真相的模糊、残缺、流失甚至是常识性颠覆。尽管这个白玉洞有着一笔浓重的反侵略的爱国主义色彩，光彩永远不褪，但英雄的文化与英雄的悲剧结合在一起，会更加沉重悲凉更加威严肃穆。英雄与悲剧总是那么近距离地同行着。是悲剧创造英雄？还是英雄创造悲剧？面对白玉洞，这是千古之痛的疑问。

白玉洞万苦难诉。

见证着苏元春把个人福祉和国家安危系于一身的白玉洞，也将永远绽放着冤屈的花朵，这滴血的玫瑰虽然干枯了，但它的血色却永结在洞口的摩崖石刻上，永结在所有难胜其荷的文字狱的黑暗中，永结在历史无法擦掉的一抹血腥里。这沉重的遗产，昭示历史，警醒现世。

今天，广西边境一笔葱茏的自然景观与边境守边御敌的百余座炮台，还有包括大小连城在内的几十公里城墙、巧夺天工的白玉洞等人文景观，都保存了下来，一个多世纪了仍岿然不动。每座炮台旁，清清楚楚的摩崖石刻都刻着英雄苏元春的题刻、照片及守边御敌功绩的文字。每天，都有游人到这里游览、瞻仰、凭吊，发怀古幽思。沉默了百余年的英雄苏元春，连同他创造的边境遗迹还会永远沉默下去，但在它们当之无愧地接受后人凭吊和瞻仰的沉默中，我们分明看到了历史的心灵之痛。

我想，苏元春活到今天，他还会一笔挥就“明月与天分一半”吗？答案是不容置疑的。因为时过境迁，白玉洞依然不改这份景致，苏元春一定更明白：月为谁清明了。

英雄苏元春，就这样默默地俯视着后来者的凭吊。

原载《花城》2006 年第 4 期

郑和之后

来到晋宁，朋友领着我们直奔郑和公园。早闻郑和是云南人，真不知他是晋宁人。民国初年，人们在滇池西南岸的月山发现了郑马哈只的墓地。这座呈穆斯林风格的郑父墓至今保护完好，墓前竖立赭砂质石碑，碑文为郑和在第一次下西洋前，请大学士李至刚撰写，并托人带回刻立的："和自幼有才志，事今天子，赐姓郑，为内官监太监。"碑的背后还刻下郑和在第三次下西洋前省亲并为父祭扫的记录。郑和公园就坐落在和代村这片松柏青翠之中。重建后的郑和故居不乏典雅幽静，古香古色的门楼，榭台亭阁，池塘怪石，鸟语花香。行走其间，幽雅秀丽，是一座颇具苏州园林风韵的公园。

明朝永乐三年（公元1405年），一支船队开启了中国走向世界的航程。这支船队的领航人就是和代村生长的少年，后来的郑和。明朝洪武十五年（公元1382年）皇帝朱元璋出兵平定云南，战乱中，在滇池边玩耍的12岁郑和被明军掠走。明初，诸将用兵边境，随意阉割少年为仆。郑和成了被俘遭阉割的少年之一。战争让郑和转战南北，吃尽苦难，也成长了自己。朱棣夺取皇位后，郑和的命运有了转机，得以擢升，受命出使西洋，航海至亚洲、非洲30多个国家和地区，此举扩大了明朝的海外贸易、文化交流和睦邻邦交。郑和七下西洋不经意间揭开了世界历史性大航海的序幕。于是，中国南方商旅云集，沿海城市冒出更多蓝眼睛、大胡子的外国人，洋玩意和中国丝绸、瓷器、茶叶你来我往，中国人终于看到，海洋文化与世界文化的脉络关系这个无法否定的历史事实。

前些年，美国富有影响的《生活》杂志评选千年来全球最有贡献的100名重要人物，郑和列第14位，居东方人之首；21世纪之初，《纽约时报》就把郑和列为东西方文化交流的象征。“有海水的地方就有华人，有华人的地方就有郑和的传说。”晋宁人对我们都这样说，足以看到，他们为郑和而感到自豪。陪同我们的徐克明先生是当地研究郑和的专家，多年苦苦耕耘，对于郑和来去终始了然于心。交谈中，他最伤心和最愤慨的是，本省某部门评选二十名云南最有影响的古今人物中，郑和居然榜上无名，这也难怪许多人郁闷了。

郑和下西洋，是世人称道的壮举。我曾在马来西亚参观过收藏于马六甲的《郑和航海图》，航海图运用我国传统绘画手法，写实与写意结合，以长卷画轴形式描绘了郑和航海数十条航路的情景。

徐先生兴奋地对我说："令人惊异的是，我们将这一幅航海图与现在的中外地图和海图相对照，完全吻合。英国著名科学家李约瑟对《郑和航海图》的精确性评价极高，认为'它是世界上最早的一幅真正科学的海图'，它是对指南针导航、天文导航、地理导航、标志导航等多种技术的综合利用。"

"只可惜，这幅航海图在以后几十年流传欧洲，成就了欧洲航海家的探险活动，为欧洲开辟了多个殖民地，而我国在郑和之后的航海便日渐式微了。"我也颇多感慨。

事实正是这样，郑和之后只有传说。我们真不如欧洲人那样善于发现海的好处，那样执着地去探寻海的资源。我们总想中规中矩在海上捞回一些鱼虾，机会合适就从海龙王那里偷几颗龙珠，否则不要乱闯乱动。郑和之行，也不过是向所到之国君主馈赠珠宝，展示东方礼仪，以显示"大国风范"，而最终回赠我们的却是掠夺。比如，明朝廷最吃紧的战事就是倭寇进犯。到了 19 世纪，日本竟然大举入侵我国，屠杀我同胞。时至今日，他们仍然挑起事端，妄图占领钓鱼岛。又如，我们曾勒紧裤带过日子，将大批金钱、大米和物资支援"兄弟"，军人血洒异域，捐躯他国。如今为了海权，"兄弟"紧盯我南海，成了白眼狼。这一切，无不令人义愤难平。叩问大海，我们不能不承认，郑和之后，由于我们这个民族的冷漠，开始逐渐拒绝海上的往来，渐渐退缩，海岸越退缩，海浪越逼近，越就把自己的海权模糊，最终闭关锁国，成了今日的被动。

从晋宁回来，我去了趟澳大利亚。无论在悉尼还是墨尔本，一个个美丽的海湾里，高高的桅杆，架起的是海上的移动城堡，撑起的是欧洲人向往世界的希望风帆。为此，我感叹世界的变幻。

郑和之后300多年的一天，一艘高挂风帆的航船，犁开南太平洋的波涛，驶近了澳洲东海岸。船长库克上校登上了今日悉尼南边杳无人迹的植物湾，把一面英国国旗插上了“四野碧绿葱翠”的草地上，他和他的同事就断定，那里可以成为“优良的牧场”。于是，他把那块土地命名为“新南威尔斯”，宣布成为英王乔治三世的属地。凡到澳洲必看库克船长故居，我看着詹姆士·库克的铜像，又想起了郑和，我用小人之心责怪郑和，当年为何不把一面面“大明帝国”的旗帜插上航路的那些荒岛。但我又想，或许因为欧洲人具备的是和东方人完全不同的海的精神。华夏文化的中心在长江、黄河这样的内河，文化的灵魂是叶落归根。欧洲人敢于冒险，到达天下之至远，大海敞开了心胸，他们常常怀有伟大的英雄情结，在大海上开创流浪的传奇，他们流浪到哪里，疆土就开拓到哪里。

世界上没有一个国家有像中国这样曾经辽阔的海疆。但是，当中国内部正在不断地“折腾”的时候，欧洲人已在无边的大海上航行，他们越过大西洋到达新大陆，他们绕过好望角开辟新航线，一艘艘帆船就是一个个梦想。郑和之后的几百年里，东方的财富一船一船地被欧洲人运走，囚犯、鸦片被大量输送到新大陆和东方，他们从直布罗陀海峡驶进苍茫大海，冲破反复无常的风浪，与土著们同旋，甚至大打出手。澳洲的历史便是这样的写照。

我们乘坐游轮欣赏着悉尼湾，那些遥远的传奇，当然还包括郑和，一直跟在我们身后的浪花里。遥想那些传奇和传说的时代，心情就像这些翻滚的浪花。大海并不是普通游人的游戏场，只有勇者、智者，上帝才能眷顾。我欣然地把甲板上一对年轻人的婚礼现场摄入了镜头，看着他们面对大海灿烂的笑脸，他们在胸前划着十字的虔诚，我想，他们可能是澳洲开拓者的后代，他们在说“噢，上帝……”，欧洲人就靠这几个字的安慰，打通了东西方的联系，创造了幸福的现实。

梁启超先生说：“郑和之后再无郑和。”我想，郑和之后，只要踏过穷水恶浪，就会春暖花开。

原载《人民文学》2013 年第 3 期

走西口

1968年，听说我们居住的小城有些人隐姓埋名背井离乡，投奔天山脚下寻求安全。而且，全国各地许多人都自我流放到西北去了。我的父母也在为我们做打算，急忙写信给中苏边境阿勒泰工作的我的堂哥。堂哥即回信，说那里的情况还好，叫我们立刻动身，不可迟疑。父母决定让我和二姐同行，投靠堂哥。

这是我第一次离开父母，第一次西行。

临别时，全家相对黯然。我们从桂东南的一个驿站启程，到了南宁，即乘火车到郑州中转陇海线再转兰新线，乘了六天六夜的火车才熬到乌鲁木齐。一路上很拥挤，没有卧铺，就这样整天整夜地坐着。到郑州时，脚都肿了。列车过了嘉峪关，车上的人少了一些。白天，我们只有观看窗外的景致，看着兰新线两侧倔强的钻天杨，看着戈壁的线条、戈壁的层次，看着那些在戈壁小站等待火车的到来求一碗清水的西北农民。不管白天黑夜，困了就打盹，车上睡不安稳，一停就醒。

那种艰辛，那种惊惧，那时我未满 13 岁。母亲说过，她不想让我们吃苦，她要把孩子们能吃的、该吃的苦，自己全部吃下去。

戈壁是出奇地辽阔而宁静，我们好像已离家好久了，苍凉之下，很想家，眼泪滚滚烫烫地滑落。我和二姐谁也不敢对望。

经过了长途的爬坡，疲倦的火车咣当咣当地停在了乌鲁木齐车站。堂哥工作忙，不能来乌鲁木齐接我们，他派了一个姓钟的叔叔领着我俩先到和田东街的阿勒泰办事处休息，说明天清早我们跟着货车去阿勒泰。

“还要坐车？”坐了六天火车的二姐害怕了。

“还要坐三天的汽车，往西北过石河子，过克拉玛依大戈壁，才能到阿勒泰边城。”钟叔叔说。

钟叔叔与我们共进晚餐。这几天上万里路的折腾，简直使人腰腿发僵，光想喝水，不想吃饭，更何况吃的是高粱面窝头夹咸菜，我一看这些东西，眼泪就直往外冒。此时，我的各种思想便开始活跃起来。“往哪里躲也不要躲到这地方。”“以后怎么给家里写信？”“我想回家。”然后又摸摸口袋，我们全部的钱除了路上零用之外，母亲亲手缝在我内裤上仅有80元，还不够买两张回程车票！我们不敢再往下想了，再想就会倒下背过气去。熬着吧！

翌日一早，我们上了一辆解放牌拖卡的货车，坐在驾驶室里又开始了长途跋涉。茫茫戈壁，到处有路可遁，到站打尖，日暮投宿。走过绿洲，心情稍悦，钟叔叔说这叫石河子，是生产建设兵团拓荒的；驶过油田，少见好奇，钟叔叔说这叫克拉玛依，过去牛羊都不愿到这来。三天路程，又因为久旱无雨，汽车过处黄尘蔽天，到站休息时，我们毛发尽黄。

我们在布尔津河畔度过最后一夜。我们姐弟俩坐在一个沙丘上，望着北方的月亮，夜空深邃到无边无际，月亮顿时显得荒凉，四周长出无数的蒿草。

我们已走了快十天了，家里一定在等待我们的消息，而等待我们的又是什么呢？

第二天，当钟叔叔把我们载到堂哥家门时，太阳已经落山了。我们总算到了，我们能见到亲人了。

堂哥和大侄儿出门接我们，相见之下惊喜不可名状。我们走进宽敞的家中，看见嫂子坐在床上打毛线，冰冷的脸，一言不发。

我们相对无言地坐着。堂哥忙这忙那，沏茶、拿沙枣，问父亲，问母亲……

我那时想到的是出身三代贫农、根正苗红、不愿受累赘的嫂子。我想是因为我们的到来搅乱了她的安宁。

果然，当天夜里，他们的卧房里传出了我们不愿听到的言语。

我们明天怎样给家里写信呢？母亲盼望这一封家信足有

十天了，再加上僻远的边城，邮政很慢，到手中就会有一个月，太长了，她会睡不着，会设想很多可能，而且都是不祥的。

世界就是这样由生活的无常无奈而支离破碎而圆润组合的。一个家庭正常的有血有肉的生活被不正常的时代分离带走了一半，在遥远且陌生的地方，怎么也填补不了这空白，无奈中只希望有一根牵扯彼此的绳。为了让父母放心，我和二姐所能做的便是在写家里的信上写上“一切都好”，快快把我们的西行告诉家中。

然而，在混乱尚未来临的西北，我们柔弱的小手，还是无力抚平日益递增的痛苦，我们日复一日强烈地渴望着家人的温暖，无论前路是灾是难，我们也要与父母姐妹们在一起，我们终于这样想了，也终于下定决心永远了结这次惨伤的走西口。

一年后，经过辗转，我们终于回到了更加破碎却倍感亲切的自己的家。

原载《文艺报》1995 年 8 月 26 日

像鸟儿一样幸福

此前，我是从巴金先生的一篇文章中知道小鸟天堂的。巴金先生曾于20世纪40年代到了新会，他与友人在河里划船，看到了水中的小岛上长着一棵很大的榕树，有着数不清的枝丫，很多的树枝垂到水面，从远处看，就像一棵大树浮在水上。树上有许多鸟儿，有的立在枝头鸣叫，有的起舞盘旋，有的在扑闪翅膀，还有一只小鸟站在树枝上兴奋地唱着动听的歌。感受着大自然宽广的胸怀，看着鸟儿自由地飞翔和聆听着鸟儿欢快地鸣唱，巴金先生乐而忘返，他写下了《鸟的天堂》这篇美文，寄托他的隐逸情怀。

我敢肯定，当时巴金先生很幸福。“幸福”一词，字典上是这样解释的：使人心情舒畅的境遇和生活。能遇到这令人快乐的地方，真是幸运。

我很想到这样的地方，去感受这样的幸福。

在广东江门住了两天之后，我来到了新会的小鸟天堂。那天，我们一群朋友同行。车行于河汊纵横的珠三角水乡，秋日的南粤依然青绿盎然。晨雾中，眺望远处，一丛丛绿色分不出哪是山丘，哪是大树，整个宛如春天的姿态。

不一会儿，车慢了下来，我猛地看见前面一片水域之中长出一个翠绿纯色的小岛。“到了，我们下车上船吧。”当地朋友说。哇，这绿岛便是巴金先生说的那棵水中的大榕树？！果然，越往前走，面前枝叶越郁郁葱葱了。我们上了一只由船工把竿撑行的小船，静静地向大榕树靠近，那连片的枝叶越发地青翠可人。真大！这棵大树该长了许多年了吧。我仿佛看到了时光在这些叶片儿上写下的一页页日记，把人间的赞叹梳理进纵横的叶脉，积淀成浓浓的深绿。

忽然，几只青色的鸟儿飞了起来，无数只小鸟便一下子在树荫之间婉转啼鸣，树中回荡起一片歌声。“百啭无人能解，因风飞过蔷薇。”是我们的到来惊动了它们，还是它们为我们唱起了欢乐的歌？四周弥漫着清淡的草木芬芳，风是自由的，我们也是自由的。我已身处小鸟的天堂，默默地坐在小船上，享受风的柔拂和鸟的欢吟，凝望这些小鸟不甘寂寞飞向高空，飞向自由，搏击累了，又飞回葱茏而温暖的树巢。我知道，这便是幸福，是我想要的生活。我已经在如此恬静而从容地享受巴金先生当时的幸福。幸福应该就是如此吧，小小的满足，小小的喜悦，小小的期待……让我再畅想，纵使片刻停留，也胜过匆匆。

一阵铃声响了，是女儿的电话。女儿说，刚刚在北京海淀区民政局登记结婚了。我想起今天是2009年9月9日，女儿赶了这喜兴，用意自然是很好的。“哦，好哇！”我兴奋地说，“祝福你们！”我的声音有点激动，很响亮，我的笑脸很灿烂，朋友们都在看我。

女儿要结婚，早些日子就打电话告诉我了。那天，接到她的电话，不知咋的，眼睛竟流出了泪水，我的心感觉在微微颤动，朦胧之中感觉总不懂事的女儿好像要离开我似的，我似乎不想让女儿离开我的身边，过早感受到人生的变幻，只希望她面对那正等待着她的长长而不可知的未来时，能够从容安宁。那一瞬间，有爱和万般滋味，甜甜的也酸酸的。

我想起女儿从出生到小学、到中学，只要有空，下了班，我总是匆匆地赶到校门，等待那扇大门开启，里面会有女儿晃晃悠悠地走到我的身边……就是女儿在外地上大学，我依然对她充满牵挂和担忧。

我想起女儿有一天郑重其事地对我说：“爸爸，从今起不用再接我了。”说罢，便头也不回地独自朝前奔去。我来不及多想此时她为什么要告诉我这些，难道有谁会比做父亲的更清楚地记忆着儿女走过的日子？我只是想赶快追上早已跑在前面的女儿，跟着她，千万别在这川流不息的车流中有个什么闪失。或许是因为我们这代人在年轻时受过的苦难太多，或许成长教育中曾经对孩子有过这样那样的忽略，总觉得自己的心里有歉疚。然而，正如陈建功所说，我们这代人大都把弥补青春缺憾的希冀，更多寄托到女儿的身上。从这一点上看，我们的心灵何其相通！汽车在我面前奔驰而过，女儿已站在和我隔着一排汽车的地方，女儿此刻忽然变得有些高大起来，面对往来的一切，她的背影竟然已经不再摇晃，早已不是那个我自以为一眼就能看透的孩子了。突然意识到女儿的长大，令我这个做父亲的开始体察到女儿会从我身边跑开，尝试着踏上自己的路，女儿不再紧紧地依靠父亲的时刻已悄然而至。

大凡做父母的人心情总是矛盾的。其实，我也对女儿说过，26 岁前不结婚，就要做“圣（剩）女”了。如今女儿真的要结婚成家了，要过自由独立的生活了，这是好事呀，这不也正是我所梦寐以求的吗？对，要高兴。今天的登记意味着她已正式成为一只飞出笼中的鸟儿，她的翅膀也许硬了，也许该飞了，但刚离开父母的鸟儿是单翼飞行的，需要掌握飞行的平衡，理顺自己的羽翼与心情，在历练中张开翅膀，在追寻爱与未来的苦旅中，不怕风雨，无论飞到哪里结窝，都能自由地追求着，感悟着，品味着如小鸟天堂般的幸福感觉，这比什么都好。

回目小鸟天堂深处，蹲坐在枝丫上的鸟儿不停地歌唱，在碧叶茵茵的环抱处忽而停落，忽而点水涟涟。盈盈水间，心花怒放。我想，此刻，真是一幅只有父亲才会沉浸的美好画面。我按捺不住兴奋，把女儿结婚的喜讯告诉了朋友们。于是，陈建功、铁凝、李存葆、李敬泽、陈忠实、叶辛、高洪波、扎西达娃、阿来等在一幅印着小鸟天堂全景的绿色画页上为我女儿写下了美好的祝福。这是来自小鸟天堂的祝福，这是大家的祝福。在他们的墨迹中有爱与美的痕迹，这一时刻，在我心中是小鸟天堂继巴金先生之后又一绝美风景。这些祝福让我想起了评论家张柠在一篇新近文章中所说的一段话："人类应该向鸟类学习：教会儿女飞翔是父母的天职，但不希望他们在自己的卵翼之下偷生。有一天忽然发现，飞过来的那只鸟儿是自己长大成鸟的儿女，那就是上帝送给你的一份珍贵礼物！当然，儿女也应该主动飞回林中看一看老鸟，不要让他们在树林里太孤单。"

人生的社会太复杂，有着太多的不确定性，我不能给予女儿未来有什么地位，有多少财富，于是，我决定把这幅满是祝福的签名画页，作为一份特别的结婚礼物送给女儿，祝愿她在未来的年岁里像鸟儿一样幸福！

原载《羊城晚报》2010年9月2日

最美的时候

标题引自一句诗，一位外国人的诗。诗人的名字我已记不清了，但这句子我却记了很久。

“在最美的时候，我遇到了谁？”

我常常用这句诗问自己，因为，人生道路上的每一次转变，我不想忘却。不为别的，只为我能够长久拥有一份很珍贵的情感和记忆，以及一份深深的祝福。

一个人的一生中什么时候最美？自然是青春的时期。

幸而，我们这一代人经历政治的颠簸之后，青春时期还能赶上中国历史的转折。1979 年，我考上了中央民族学院，走进了那片立满白杨的魏公村里的绿瓦灰墙，从边地工厂的一个工人，成了中文系的一名学生。那时，同学们都很努力，人人都有一个作家梦。

幸运的是，我遇到了一位多看自己几眼的老师，对上目光的日子编织了一段刻骨铭心的缘分。

这位老师，便是陶立璠先生。

陶先生不是我的班主任，也不是我们班主要的任课老师。

最早认识他，是因为陶夫人宋薇笳老师。大一的时候，宋老师就给我们上古代汉语课，几节课后，宋老师要找一个课代表，她竟然把我点上，我很为难。其实，我的古代汉语成绩并不是全班最好的，我更想做的是写作课代表。但她说我能行。我被老师选上，只有服从，那时的学生不讲条件。后来我才知道，宋老师点了我，是因为我“憨”。北京人常用“憨包”这个词，并不是贬义，是夸这个人老实、实在。

自从我当上了课代表，就有了机会成为宋老师家中的常客。

在宋老师家中，与陶先生交往便多了起来。我总看到陶先生伏案躬身，不休节假，夜以继日地研究与写作。正是这种认真和坚守，他总有新著出版。我想，也许漫无际涯的耐心与诚意，以及日复一日地笔耕，便是一位学者的职业生涯。

20 世纪 80 年代初，百废待兴，乱了多年之久的中国，让陶先生一代知识分子有做不完的事，久受羁绊的创造活力犹如岩浆喷涌。

改革开放到今天整整 30 年了。当我们对在当代中国少数民族文学领域，尤其是新时期以来的少数民族文学有着一席之地的作家和作品，保持着足够的尊重时，我们理应对站在这些优秀的少数民族作家、作品背后的推荐者、评价者、研究者表示出由衷的敬意。

陶先生便是那个时期卓越的推荐者、评价者、研究者之一。这显然与他在20世纪80年代中国文坛中文学批评和文学理论相当活跃时期写了大量关于中国少数民族作家论、作品论密切相关，与他主持和参与《中国少数民族现代作家传略》《中国大百科全书·中国文学卷·少数民族文学分支》《中国少数民族文学》《大辞海·中国文学卷》等一系列大型民族文学相关著作的编纂密切相关，与他在新时期之初积极参与组织当时相当活跃的中国少数民族文学学会具体活动密切相关。陶先生站在当代中国少数民族文学史的幕后，自然也熟知甚至亲身经历了其中的内幕，他的存在本身就是构成当代中国少数民族文学史的背景之一。

毕竟在他身上，我看到了一位优秀学者力求运用第一手的原始资料，尽可能选择这些具有代表性的民族作家进行全方位的展现，一方面力求真实可信，另一方面也为读者更深入地解读当代民族文学作品提供一些非常珍贵的原生态文学史素材，通过对作家的创作活动、创作经验、创作思想以及他们同一些著名作品的遇合机遇，进行形象的、立体的考察，更好地为民族文学事业提供一些可资借鉴的珍贵史料。尤其是他的评介，涉及中国特殊国情下当代民族文学作品发表和出版过程中的许多曲折和遗憾。那时，我知道做一个优秀的学者，除了高度的敬业精神之外，还必须具备对于文本的深邃洞察力和对文本的唤醒能力。

陶先生不仅对新时期中国少数民族文学的发展做出贡

献，他对中国各民族民间文艺学和民俗学研究成果更是丰硕而卓著。他强调民间文艺学、民俗学与文学密不可分的联系；他搜集、整理和出版多部中国民间文学作品集，并对中国民间文学进行系统而富于独到见解的研究，成果见于他的多部概论和专论；他深入全国城市和乡村，进行民俗考察，写出一部部关于中国民俗事象与世相的民俗学著述；他很早就大力倡导非物质文化遗产保护，竭力弘扬中国传统文化，他对中国传统文化的研究成果在国内外都有重要影响。

在他身上，我第一次看到了什么叫田野考察，什么叫实证，什么叫做学问，我的这种理解尽管很粗浅，却影响了我多年后致力人文笔记的写作。

我见到陶先生从不满足，保持着对动态的关注。每次与他聊天，他先要询问少数民族文学中近期又有什么新人涌现，让我推荐值得关注的作品，尽量弥补他阅读上的盲区。陶先生倾听中的专注神态，使我明白，他没有因身份而倨傲闭关自守，他始终心怀诚恳和谦逊。他绝不保守，具有观念上的现代性和心态上的开放性。

不居高临下，不自以为是，不溜须拍马，陶先生从不做为了自己的利益而低三下四讨好别人的事。他对我说："我从不看别人的脸色做事。"他保持了一个真正文人特立独行的品格，这一点，对我影响很深。陶先生在晚辈的才华面前是谦恭的——他由衷折服，从来不吝惜赞美，哪怕把自己置于铺衬的角色。但遇我对学问一知半解、不求甚解，办事马虎草率时，他对我的批评也是直接的，甚至是严厉的；当彼此观点存在争议时，我们不必左右斟酌、迂回试探，完全可以针锋相对、直言不讳。这种时候，我没有因年纪的缘故而把他当作必须服从的前辈。我认为，这才是真正意义的尊重，远胜于故作礼貌、察言观色中表演出来的尊重。

陶先生的平易，使我们成了挚友。于是，家里包上饺子，或有好吃的，自然就少不了我。

于是，我开始享受学生时期的“特惠”待遇，陶先生把我“拉”进了真正的写作之门，他把一些著作章节让我参加撰写，一些书稿由我组织同学参加编写，这样的机遇是很难得的。这是陶先生有意让我参与一些这样的编纂工作，来丰富我的知识，锻炼我的能力，为走向社会做好准备。

他对我说，写作，尤其是从事研究性的写作，需要具备艺术的天性、审美的灵性、职责的品性，三性缺一不可。天性是客观禀赋的素质，品性是主观追求的修养，灵性介乎两者之间，在禀赋基础上勤奋追求所愿，熟能生巧，心诚则灵。这是三性中最重要的环节，爱干，常干，能干，才会得心应手，运转自如。他认为，在修养方面，中文系学生一定要体验创作实践，并说不论搞创作还是研究，都要采风和做田野考察。

不知餍足地聆听他的每一次教诲，我很感动。不论是陶先生说话的内容，还是他的口吻和神色，都让我都感到了他对我的信赖和厚爱。我想：即使将来我成不了作家，做一个文学爱好者也是好的。

更令我记忆犹新的是，那时候北京甚至全国各地的文学活动很多，陶先生总爱把我领上，参加这样那样的活动。“这是我的学生”，他常常这样把我介绍给一个个名家，而那些中国文坛熟悉的名字常常令我兴奋不已；他介绍我加入中国少数民族文学学会，成为该学会最早的学生会员，使我有机会参与了许多文学科研活动；快要毕业了，陶先生又为我的工作分配东奔西跑，他希望我留在北京，他说北京是文化中心，对我在文学上的发展有利，把我推荐给了中国作家协会《民族文学》杂志社。后来，我回到家乡，那是后话。

这一切给我印象最深刻的，莫过于让我能贴切感受到的，陶先生希望我成功的炽热的心。他心无旁骛，把我囊括在他的事业中，并对我寄予厚望。希望别人成功，帮助别人成功，这是一个真正的老师而具有的无与伦比的美德。一心推出新人，力求无愧职责的虔诚，追求完美的信念，孜孜不倦，埋头奋斗，不图名利。从他身上，我多少体会到了一名中国知识分子的精神高度。

陶先生对我情分太重，叫我怎不刻骨铭心？陶先生无私的给予，成为我不断工作和写作的动力。

后来，我绝对相信，也绝对感谢，我从北京回来后，抱着陶先生给我参与编纂的“成果”，敲开了出版社的大门，走上了编辑的岗位，以及后来在文学领域里的每一个进步，都与陶先生的“特惠”与教诲密切相关。

毕业后，我和陶先生经常联系，出差到北京，有空的时候我都到家里看望陶先生，十分愿意向陶先生倾诉走向社会、走上工作岗位后的喜怒哀乐，总是得到陶先生给予我做人与做文的教导，他送给我一块刻有郑板桥书“吃亏是福”的铜匾，我把它摆在书桌上作为座右铭；即使陶先生在国外工作和讲学，也不时地给我寄来精美的明信片，这不仅是一张小小的纸片，而是一份重重的感情。

几年前的一个夜晚，又在北京魏公村的一个小饭馆。窗外月色时明时晦，馆内酒兴极浓。那天陶先生要了好几瓶小二锅头，陶先生很能喝，我第一次真正领略他的酒量。我们为相见，为世道，为沧桑，更为人心，感慨感念，一杯又一杯。我敬陶先生，重要的是感激他对我的厚爱；他举杯，似乎因为我在他的栽培下学后有用，他希望我成长再成长。尽管喝了许多酒，话也说了很多，陶先生满脸红润，满是欣喜，却一如既往的从容、平和。

人到中年，又经历过世态炎凉，能有如此长成，似可聊以自慰自足了。但在我看来，在回眸往昔的时候，我想说，就创作而论，我只是一个在碰到机会时不敢偷懒的业余作者罢了; 如果要说自豪,那就是在最美的时候,我遇到了陶先生。

而今，陶先生虽已70，但他“帅气，朗健，沉实，热烈，足以永远年轻了”，这是吾妻燕玲君对着陶先生远去背影的独白。陶先生行万里路，读万卷书，拥有开阔的视野，依然笔耕不辍。面对陶先生，以学生之愚，很难说能完整地体悟和把握他，况且先生果实不断，不是用几句俗话就能表达的，需要我不断感悟掘进，需要我永远学习。此时，学生写上这些话语，算是对陶先生深深的祝福。

原载《耕耘与收获》2010年6月第1版

老蓝的母亲

那天我和老蓝一道去瑶山的县城开会，老蓝说有些时间没回家了，不知现在母亲怎么样？那是在饭桌上说的。我说，这里已快到你家门了，就回去一趟吧。老蓝说：“那明天中午就走，你陪我？”

常听老蓝说起他家乡那条波努河，说起他家门口的三棵树，说到了秋天的时候，他常用一根竹竿打上去，掉下许多甜甜的果子。我问老蓝，这是什么果，他说不出来。他还说，乡亲们说就因为这三棵树，才让这瑶山出了这一个大学生，成了作家。这个老蓝，平时不说这些，到了挚朋好友在一起，才漏了嘴。后来他又说：“嘿，不信这些。”

我想，这一次能和他回去看看，他高兴，我也见识。

我们是一道道弯，一个个坡，慢慢地上瑶山的。瑶山对我而言，既神秘又野性。总觉得是个山多林密的地方，就连老蓝笔下那条波努河的涛声我也觉得很特别。

我从小至今在不少的河边走过不少次，那些声音或软得如琴，或强似长啸，我对涛声的感受全然超过了领略河岸的秀丽或壮观。而这条波努河与其他河流就不一样，山泉涓涓，蜿蜒跌宕，浪花朵朵，涛声叽喳，像是报春；波努河在山里转来转去，河水如带，绿岸如畴，波推浪涌，哗哗啦啦，像是喜庆。波努河确实很美，美得独特，美得神秘，美得充满生息，难怪老蓝对这条河的感情那么深沉和绵长，竟洋洋洒洒地写下了几十万字的长篇小说，成了瑶族文学长篇小说的开山之作。这个老蓝！

老蓝要回瑶山了，就领着我穿过波努河，走上那弯弯绕绕的小路，走那颠颠摇摇的山路。黄昏的时候，太阳就要落山，老蓝才说，快到了。这时，炊烟已经升起，树林与山峦混成一色。

不知是谁在昨天饭桌上听到老蓝要回家，竟打了电话到老蓝的乡里，乡里派人上了瑶山，提前告诉了老蓝的母亲。

一个上了年纪的老人，穿着最新的衣服，已经早早站在了寨口。

“我母亲。”老蓝说。

走近了。母亲微微地笑着，很平静，憨憨的。

老蓝下了车，没说话。走过去，用那只常常拿笔的厚厚的手，摸了摸母亲的头，没说话。

然后，呵护着，扶着母亲慢慢地进寨，慢慢地进家。

“母亲已84了。”老蓝说。“您真有福气，活得那么高寿，那么平静。”我说。总是笑着的母亲，是一个让人尊爱的老人。招呼我坐下，招呼我喝水，我说没关系，好好看看您儿子，您儿子当了个文官，身子里还是流着您的血。她没有文化，听不懂我讲这些话。只是对我笑着，又对老蓝笑着。看得出，她对老蓝的笑是一种慈祥的母爱，恨不得把老蓝变回她襁褓里的那个小蓝，紧紧地拥着，为他歌唱，我的蓝宝宝……

“母亲是个非常纯朴的妇人，一生为这个家操劳，想到的是她的子孙。”老蓝说这话时也是情重重的。他说，母亲身体很好，每天都要劳动，每天要到山上放牛，老蓝兄弟几个看到她年纪大了，不放心，便商量把牛卖了。谁知她用老蓝寄给她的钱偷偷地到镇上又买一头回来。她说，她有事做了，不白吃饭。“母亲从没有骂过我，不管是多舛的生还是命，她也只是一个人，叹口轻声的气。即使是最小不过的事情，我惹了错，母亲也只是轻轻拍拍我的头。”老蓝得意地说。

老蓝回来了，寨里的瑶族兄弟要来与老蓝喝酒，老蓝对寨里知根知底，他不愿增加寨里人的麻烦，在县城自己掏钱买了两只杀好的羊。这两只羊加上母亲为他准备的豆腐青菜，老蓝的家便把山寨闹得如过节一样，把门前山下波努河的涛声也淹没了。

老蓝喝多了，寨里几十人每人敬一杯，能不多吗？但老蓝很清醒，他说：“你们知道我回来，都来了。你们来，一是看在我高龄母亲的面上，二是看在我是寨里第一个出去读书的大学生，有了文化在城里做事，生活过得好。所以你们要让孩子们都读书，你们的生活就好了。”母亲满足地笑着一动不动地盯着老蓝，静静地听着老蓝说话。

乡亲们似乎都听懂了老蓝的这番话，连连又给老蓝敬酒。母亲在一边眯着眼，还是柔柔地笑着。她一定是想，儿子有文化，说起话来就是不一样。

母亲没有制止老蓝喝酒，也没有阻拦乡亲们向老蓝敬酒。她走过来与我说话，我听不懂。她大概劝我多吃些菜，我便揣测着回答，好的好的。她大概又问我菜能不能吃啊，我继续回答，能啊能啊。

老蓝一下笑出了声，岔过话来，问我，你没有听懂吧。

我说，大概，大概。

老蓝说：“我妈问你，能不能多住上几天？”

我红着脸对她笑着回答：“好啊好啊。”

一直笑着说话，差不多，老蓝母亲的话，我都听不懂。我知道，这些话语，也都是从山里长出来的。

从掌灯时分到凌晨三更，笑声和酒香穿透瑶山峡谷。母亲依旧不倦，用微笑鼓舞老蓝，用抚爱支撑老蓝，这位笑不够的母亲。

这就是老蓝的母亲。作为一个民族的象征，一种古老文化的载体，瑶山与波努河象征着神圣与宽容，母亲就是这座山，这条河。

老蓝累了，乡亲们回去了。瑶山的寨子又恢复了宁静。

老蓝睡了，老母亲为儿子摇扇，驱赶山里的蚊子。看着睡相可掬的儿子那般不改的顽童样，母亲一夜未眠，她看不够自己曾经含辛茹苦养育的孩子。

山里的鸟鸣叫醒了老蓝。老蓝对母亲说，城里还有事要做，要走了。母亲不语，笑笑。她知道老蓝忙，是做事的人。走吧。老人们常说，儿孙自有儿孙福，莫与儿孙作远忧。我想，这是一种心情，超越了大山，超越了波努河里的波浪。她早早地准备了些玉米，放在我们的车前。

吃完一碗玉米粥，老蓝真的要走了。他一语不发地，心里想着没有一个人读得懂的心事。他还是走过去摸摸母亲的头，我看到老蓝的眼眶已闪着泪花，而母亲却依然淡淡地笑着，盛着大山，溢满温暖。

很平静，很善良，也很动人，久久地留在我的记忆里……

原载《南宁晚报》2002年5月20日

伯母的粽子

腊月岁尾，家家忙年货。这几天，母亲忙着张罗些糯米、绿豆和粽叶子等什么的，我知道母亲就要包粽子了。每年过春节一定要包粽子，这习俗在我家已延续了很久。母亲年年都说：“不包粽子怎么叫过春节？”我知道这是母亲盼了一年的好事，到了这时候，母亲和我便想起伯母，想起她包的年粽。

早先的十几年，我家过春节的粽子都是由伯母包的。伯母其实只是我家的邻居，姓邱，是母亲的同事，我们都亲切地称她伯母。伯母的手上活儿，特别是做些过春节的食品，整个上千人的大院子里没有哪个能比。她包的粽子用料精细，比例适当，品种多样，味道香醇。伯母心地善良，为人诚恳勤劳，一天能包上几百只粽子，且每只大小一致，不差半毫，这一招曾使不少人佩服得五体投地。

记得我们以前都住在平房的日子，春节前的包粽子简直就是一场热热闹闹地喜庆聚会，几乎院子里的主妇们都来参加，工场就摆在伯母家门前的树下。那时候有的人淘米，有的人洗豆，有的人擦粽叶，但到了包粽的时候，伯母都要自己亲自动手，她很犟地说，每一只放多少米，铺多宽，加多少豆合适，先折哪边的叶子，只有她能把得准。她胸中有数，十分讲究，女人们说说笑笑，热烈欢快，气氛祥和。整个院子的粽子要包上一天，虽然开工早，还是摸了黑。晚上煮粽子，各家的主妇轮流值班，时间到了得报请伯母检验同意后才能出锅。第二天一早就可以吃上伯母亲手为我们做的香喷喷的粽子，我们就开始过年了。

伯母是个重友情和亲情、乐观豁达的好女人，她没有为一年到头的忙碌生出半点怨言。反之，她以为春节是新一年的开始，她说过，一年匆匆，人人都为自己的生存而奔波，各人所走的路各不相同，祈望人人都像粽子一样结实、有心、味正。天天都像过年一样，都有好心情。我想伯母所说的结实、有心、味正，就是实实在在、有良知、正正直直地做人。

伯母的粽子吃了许多年，伯母朴素的亲情和友情哪怕隔着遥迢的时空仍一直留在我和家人的心中，而我对真诚而美好的情感的追求，并不会因为年龄的增长和青春的消逝而中止。人世间有太多的隔膜，天然的、人为的，所以人们才会愈加追求心灵的沟通。这种沟通带给人们的欢乐，我想，就是伯母所说的“天天都有好心情”。

伯母已经80多岁了，她老人家已随儿子住上新建的四居室的住宅楼，我也住到单位的新居，伯母不是我们的邻舍了，无法再为我们包粽子。每当春节到来之前，我们总会想起她。人是多么需要这样幸福的感知。我想，人类的一切珍贵的过去都是为了后生心灵的清洁。我曾经写过一首诗：“同样是日子，有人说它美妙，有人说它不好，其实日子并没有好坏之分；阳光灿烂是好日子，暴风骤雨也是好日子。”诗写得当然不好，但这首诗却能使我把曾经的辛劳和苦难、思想与渴望，消融在那些寂寞的日子里。由此看来，上帝赐予人类的日子都应该是好的，关键在于每一个人自我的感受。我想，我们每一个人只要善待人生，善待自己，也善待你周围所有的人，为人们创造欢愉，为后生所怀念，日子就是宁静的，生态就会是美丽的。

回到粽子，回到腊月岁尾的晚上，去感受那暖融融的想念，我的心就像一颗种子保存着生命的火焰，投到开春的土地里，回到纯粹，回到朴素。

原载《南宁晚报》1998年2月16日

除了山水　还有什么

关于广西，人们长期以来说得最多的便是“山清水秀”这个词了，似乎这个词一直就是广西的代名词。

山或雄奇或俊秀，水或欢畅或多姿，森林蓬勃茂盛，草木百花竞放的自然景观，使游人感动得无以言说。当层层叠叠的葱绿滗入胸怀的时候，山突然从缥缈的云雾中显现，神秘如幻影，庄严而慈蔼地望着你，使你止不住怦怦心跳。绝壁下的瀑布一路流淌，时而近在身边，波澜喧闹，浪声撩人；时而落入幽谷，仿若碧玉，绕山蜿蜒。山清水秀，是大自然鬼斧神工般赐予广西人的财富。

因此，广西被人们称为“最具诱惑的地方”。然而，我们似乎总有一种自卑心理，无论谈经济还是谈文化都觉得自己很落后。

其实，每一个地区的深处或每一事物的背后都隐藏着许多无法一眼看穿、一语道破的存在。生活在广西的人们一往情深地与传统的文明保持着活生生、一脉相承的联系，正是这些存在和相承，才能使人们沿着社会发展的历史隧道走向它的纵深，走进广西的精神世界。

仅仅青山秀水是不够的。

地理不仅是自然的风景，它还是一种人性和生存的氛围，一种生活和祖先的纪念，一种人景相映、休戚相关的情怀。

广西保存着自然界的原风景，也荡漾着人类童年般的天真、青年般的活力和老人般的沧桑，使这片土地弥漫着一片诗化的苍茫。遗憾的是，我们往往对于身边的事物处于司空见惯的麻木状态，对很多有价值的文化现象视而不见或常常忽略，因而造成了人们认知中的广西除了山水，没有人文的错觉。

除了山水，我们还有什么？《广西日报》“花山”副刊约请生活在广西各地的作家，以他们各自特有自然人文实地的体验、深厚的感受和理性的思考，做了一番广西地域文化的梳理，写下了《地域·文化·风物》之《桂北篇》《红水河篇》《环北部湾篇》和《西江篇》这四个篇章。就其意义和价值来说，让生活在这片土地的作家找到了一次展示“本土文化”和“乡土文化”的机会，使更多的人听到了某种非同边缘的来自本土的声音。这些借助娴熟的表达方式和丰富的知识，特写细写本土的文化散文，便是本土文化的记忆。

《三种文化共生共荣的奇异景观》中，作者开宗明义地指出："当地球上出现了人类，自然就不再能够完全按照自己的意志行事了。什么叫文化？文化实际上就是人的精神意志对自然的点化。或者说，文化是人化自然的结果。那么，具体到漓江，人是怎样改变了漓江的纯自然状态，使之深深烙印了人的痕迹呢？"今天，我们不能否认，秦始皇时代开凿的灵渠为广西留下的足可与长城媲美的人文景观，它同时为漓江两岸文化注入了深深的中原文化基因。"一条小小的灵渠，在沟通湘江、漓江的同时，沟通了长江与珠江，于是，中原文化就从黄河，跨长江，下湘江，经由小小的灵渠的承载，输入漓江，并辐射了整个珠江流域。"这实质上就形成了桂北的人们所说的"湘桂走廊"。两千年前，入桂的其他道路多所不通，湘桂走廊，成了事实上入桂的唯一道路。历朝历代往返行军的师旅、上任卸职的官员、朝廷的使者、进京贡物的边地首领、商旅的马帮、流放广西的官员、充军的"罪徙者"、流寓的雅士、云游的高僧、赶考的士子、传达诏令的快马、边地流报的军校以及常年往返奔跑在交通干线上的邮卒堡夫，来来往往于古道上，而这些出桂入桂者要休整，要住宿，要茶饮，要交换，人进马出，熙熙攘攘，热闹非凡，构成了这条通道上一个个跳动的音符，形成的主旋律就是迁徙—交往—进步。桂北文化在南北、中西交流中求同存异，在原始的少数民族文化基础上，不断接纳了北方儒家、道教文化等中国本土文化，也不断包容了佛教文化、基督教文化、阿拉伯文化等西方文化。这种文化的多元性就形成桂北文化内涵的"广"。《源远流长的桂北饮食文化》以具有南北独特风味的桂林米粉为例，阐述桂北饮食文化对中华文明的贡献，并披露了桂林人张建勋最早说出，并在中华大家庭里传之久远而不朽的格言：“民以食为天”。时至今日，“民以食为天”仍然在百姓中广为传播，然而又有多少人知道它的真实出处呢？“一方水土养一方人。”《世俗喧哗的世俗意气》以西江流域的生活意气、人俗人情、经商灵性来点视整个西江流域文化，“可谓‘天意偏教岭外生’，其地理，其物种，其民俗，其精神，则上游与下流同志同气，语系一体，歌韵谐调，亲戚繁衍，物流相生。假如从西往东视之，那么可以说西江是岭南文化的生聚之源；如果从东往西视之，则可以说西江流域是珠江文化传播蔓延的附属地区。没有了西江文化，岭南文化就破了一条腿了！”作者说，“充斥整个西江流域的文化精神，是一种‘世俗喧哗的生活意气’，这意气，是市民世俗生活的活力，也是一条富裕自足的大河之情趣。”作者用明快、爽朗、劲激、靓俗、趣闹五个关键词来概括西江文化的内涵，读后使我叫绝！

红水河文化是广西本土根深蒂固的文化。作家的写作与民族观念、思维、感情有着一种秘而难言的天然联系。他们在写红水河文化的文章中直言：“红水河的文化是以自然、原始的方式存在的。由于不通航带来的种种不便，文化的流动与传播方式便主要以局部横向为主，纵向的交流寥寥可数。在陆地交通不畅的年代，许多河流承担了货物交流、文化传播的重任。然而，在这条长达数百公里的红水河上，人们看不到航船，看不见纤夫，更上一层楼可能看到那些才高八斗、云游天下的文人骚客。”作为南方重要的河流，红水河为居住在两岸的人们提供了巨大的精神动力，是人们赖以生存的精神支柱，为人们提供了美和力的意象。生活在如此艰苦地域的人们，如果没有红水河在精神上的铸就和熏陶，他们是不可能繁衍生息、生生长流的。红水河流域民众民间文化内涵中的文化精神是广西特有的瑰宝，在南方大自然与人和谐统一的生存环境里，生成了“天人合一”的人文境界，这是人的创造和天赐的结合。平等、自由、创造和享受快乐构成了世间文化充满人性的基本特征。如果忽略了这些人文精神在未来的传承，不能不说是我们社会一个潜在的悲剧。

在那些分别横贯广西东西南北的奔腾不息的漓江、西江、红水河之外，眼前的一片碧海蓝天，一样风起浪涌。北部湾是广西的一片海域，也是中国西部唯一的出海处。《遥远的想望》的作者想望着海市蜃楼，想望着他生活的那座城市，曾在 19 世纪末就有海关、教堂、银行、邮局、电灯公司、医院等城市硬件设施的天然良港走向全国，走向世界，不难看出他对于北海的文化忧虑和对于家乡的拳拳之情，在他的文字中，令人们认真地思考，重振北海文化之路究竟还有多远？北海过去的辽阔和富有是值得自豪的。北海文化至少还有几个响当当的金牌：“南珠文化”“海上丝绸之路始发港”和“苏东坡量移廉州”。这三个令国人不能不晓的事件，就如《北部湾与南珠文化》中所说的人们讲着“珠还合浦”的故事，品味着诗人苏东坡对人生的参悟，从“丝绸之路始发港”出发走向未来。问题是我们是否能认清这些文化财富之后，真正领略到这份文化的神韵，自信地走下去。

苍茫的桂海历史上文风昌盛，文人荟萃，文气精妙，文思开远，多处考古发掘出大量古史遗物，都说明了广西还是文化盈地，这些风景穿越历史，穿越传说，丰富着山与水。当然，除了这组文章所涉猎的人文，还比如柳宗元主政柳州，“有德于民民祀之”，后人除了为他建有柳侯祠和柳侯公园，对他吟咏柳州和桂林的诗文推崇备至；王正功在广西任职虽然只有两年，但他在为中试诸生举行的鹿鸣宴上第一次唱出了“桂林山水甲天下”的旷世名句；董传策被贬南宁，10年间著诗12卷，盛赞“粤西山水甲天下”和广西各地的风物特产；梁章钜任巡抚兼学政，“搜刮”了历代广西诗人的作品编成《三管英灵集》，并撰著《三灵诗话》，使之与奇山秀水相映成趣。唐、宋时期，许多著名的诗人如韩愈、杜甫、白居易等都到过或吟咏过广西。到了元、明、清时期，文人写广西诗作更多、内容更广。现当代的文化名人旅桂更盛极一时。抗战期间，从各省云集到广西的文化人士就多达2000多人。

而那些土生土长的名人，是红土地上孕育的一朵朵奇葩，一株株嘉木。桂馨槿郁，蔚然成风，牟子、士燮、周敦颐、袁崇焕、陈宏谋、冯子材、刘永福、陆荣廷、李宗仁、白崇禧、黄绍竑、梁漱溟、李济深、梁宗岱等等，这些人声名卓著，但由于各种原因，人们并不知道他们是广西人，他们无论各自的人生是喜剧还是悲剧，他们特有的精神风范，为广西留下了许多可读的故事。这些丰富的人文资源，是广西深厚的文化底蕴，是现代中国不能忽略的一部分文化。穿行于现实与历史之间，我感到了人生的纵深与辽阔。有的人生命是短暂的，然而短暂的生命能够化为传说，其实，所有能唤起记忆的都是历史。这是一笔丰富的精神财富，是取之不尽的文化宝藏。我们在先人走过的路上行走，越走越沉重。我们纵然有无数种理由消解历史，但我们必须景仰先人。

我在自己即将出版的一本叫《桂海苍茫》的广西人文地理笔记中说过这样一段话：这些记录着广西人文地理的文字，会使更多的人看到山水之外的许多或伟大或平凡的人文墓碑。那是一个标志，向生者诉说着逝去的往事。人类一直就这样选择了不同的生命完成的方式，在无尽的漫旅中，始终荡漾着一种精神，不回避人生苦旅，而把它看作一个在路上的历程，在世界上保留为人的执着，在无限时空中显示着人的不可代替。虽然有些东西已经过去，但绝非虚妄，肉体长此驻足，灵魂却继续上路。因此，不论你身处何地，总会追寻人文的智慧。

尽管全球化潮流汹涌而来，但民族文化和地域文化并没有黯然失色，相反，在多元文化对话的世界格局，各具特色的文化显得异彩纷呈，并获得更为广阔的发展空间。广西是岭南文化的集散地，文化则是广西的另一张重要名片。不论是古典的或是现代的，发达的或是发展中的，内陆的或是海滨的，巨型的或是袖珍的，凡是有品位的地区，都是由文化来烘托的。这就是文化的巨大辐射力和永久的生命力。

于是，除了山水，我们应该看到一个人文的广西，任何人任何时候不能忽视的广西。

原载《广西日报》2005 年 5 月 26 日

昨日桃源今又桃源

心仪陶渊明的《桃花源记》。活了大半辈子，明知陶渊明笔下描绘的世外桃源是个乌托邦，而那一幅如梦如幻的恬静风景，在脑海里却挥之不去。也许普天下的人们，对自己美好生活的向往，便是拥有自己的世外桃源。

近日，去了趟欧洲深度旅行，在那些美丽安静的乡村，我感受了欧洲人惬意的生活，感受到他们在田园乡村的怡然灵魂。据说，这种情结大概要追溯到 19 世纪帝国时代，那些远征殖民地的欧洲人思念故乡时，凭空把自己的国家想象成具有浪漫色彩的世外桃源。一战时，战场上士兵们收到印有教堂、田野和花园，尤其是村庄的明信片，所受到的鼓舞，远大于无数次地挥动国旗。也许这就是他们心中的世外桃源。对我而言，如能寄情山水，远离嘈杂的俗世，晨读夜息，在大自然中，哪怕几天，几个小时，我心灵会得到充实，缺氧的大脑会获得清醒，这是我的梦想。

没想到，我对陶渊明先生笔下的那片土地的梦竟变成了现实。那天，我正在南宁机场候机大厅候机。电话响了。一看，居然是电视剧《乌龙山剿匪记》的编剧，自称为“湘匪”的水运宪老友来电：“登机了吗？”突然想起，他是桃源的女婿，竟然也在桃源。“我们在等你喝酒呐！”这不，人没到就等我喝酒。“别等了，别耽误大家的晚饭，还不知道什么时候准点呢。”此时已经是晚上七点了，到桃源也该八点多了。“等！什么时候到，什么时候喝。”如此斩钉截铁地回答。果然，这桃花源真的有“热情好客”“设酒作食”的民风，怎不令人欣然规往呢？飞机真的晚点了，到桃花源机场已是晚上九点。飞机刚落地，电话又来了，运宪兄说餐厅打烊了，只好把酒菜端回房间，朋友们都在等你呢。叫我到了酒店直奔他的房间。此刻虽是冷冬，却仿佛吸入一阵桃花吐露的芬芳，温暖从心底涌上。我确信这里便是陶渊明的桃花源了。

当晚，新知旧朋，纵酒酣歌，喝上几两 52 度的酱香型，肚子当然热血沸腾。高兴处，说古道今。运宪兄处处以桃源女婿为豪，语出必以桃源过往，言及桃源，当地友人石成林、诸戈文、康健波等文史方家兴趣盎然，深情慷慨，如同一团火焰，至今仍在我的脑海里燃烧着。在他们夹杂酒香的口气中，无不感恩沅江为自己生活带来的丰盈与满足，沅水就是上天赐予他们的世外桃源。

我是个对江河好奇的人。就因为那份好奇，我追寻沅水。翌日清晨，我沿桃源的大街向江岸走去，就像走在一条怀旧的录像带上，原本很多散漫模糊的情绪，渐次归寂于一条思路之上。我猜想桃源因陶先生的美文，随后日月鸣响，南北呼应，上下千年里，且不说那些政客，光是像李白、王昌龄、刘禹锡、黄庭坚、袁宏道和后面的沈从文、丁玲、翦伯赞等人的接踵而至，引来历代行人无数，我真的为文学如此巨大的力量而高兴。"仙人成邑里，烟水作城池。"于是，一千多年前，朝廷就索性设桃源县。与此同时，沅江之滨，桃源学宫、文昌阁、漳江书院纷纷始立，"壮丽宏杰，为一邑之胜"器宇轩昂，书声琅琅，文风浩浩。这是一幅流动着的人文图景，《桃花源记》又该是多么大的一笔财富！

山水若无文人做线，不过只是风光风景；如果有了文人赋诗抒怀，这风光风景便有了脉动。一条流经时间的河流，某种情愫的恋曲是经由奔流的河水透露无遗的。流过县城的沅江漫江碧透，雍容丰盈。宽阔的水面无比温情地拥抱着这片土地。行至江岸，我看到了一个码头。码头的出现我并不感到意外，小时候我跟着母亲第一次上省城，就是踏着高高的码头乘船前往的。但如今的情绪似乎不是从前。环顾这座临水的古镇，我即刻觉得古镇与码头之间应该存在着一种什么样的关系。

也许，更早的时候，桃源根本没有船只。不知是哪一天，突然岸边来了一艘木船，没多久又来了一艘。人们从船上卸下物品，也从岸上往船里装运东西。一来二往，那地方就热闹起来。为了方便行走，人们沿着坡岸砌起了石阶，这就成了码头。有了码头，来往的船多了，人也更多，一个商埠或城镇就形成了。这就很容易使人明白，不仅仅因为文章出了名，当时之所以设置县府，还因为桃源“当五溪之冲，通七省之衢”，江水能通联四方，码头便是迎来送往的驿站。

我注视着江面，江面已无什么船只，但可以想象出当年这条航道上商船、客船你拥我挤、风帆猎猎的热闹情景。我再注视码头。码头边上，长着一棵粗大的银杏树，枝丫有些残缺，树根爬满了藓苔，地面一层厚厚的黄叶。码头的石阶，许是久无踩踏，失去了光滑，有些阶梯已经塌陷，石缝里，颤颤巍巍地长出了一些青黄色的野草。这是个已经打盹了的码头，如今已经被高速公路、机场，还有即将建成的黔张常高铁所取代，失去了热闹。回身绕看，高楼耸立，充满现代气息。置身在这样的场景里，百感交集。时代的发展必然废弃一些已经失去实用意义的事物。但那些事物曾经有过的灿烂，依然让我们回味无穷，我只好在一种复杂的情绪中极力挽留那些曾经灿烂的过去，至少我们要为后人留下一些能回忆的东西。岁月的流逝，也许码头可以打盹儿，在这里人文的东西永远不会消失。

立于镇边街的丁玲纪念馆，这是桃源的一个文化地标，这是民主革命家宋教仁倡建的湖南省立女子第二师范学校旧址，后来改名为桃源师范。虽经多年的雨打日晒，这座两层黑瓦白色洋楼，几经当地政府维修，依然保持了原有的风貌。我来的时候，天下着小雨。这是个让人怀旧的时节，从唐朝李白开始，桃源就被置身于纷纷的雨季，思绪与细雨成为相互影衬的背景。在惹眼红的枫树和金黄的银杏树交相辉映下，我眼前浮出了早年读过的《莎菲女士的日记》和《太阳照在桑干河上》，浮现了一个在20世纪20年代的丁玲。她在五四新文化运动的洗礼下，自由解放的精神深深融入了她的灵魂，毅然解除与表哥的婚约，与好友、后来成为瞿秋白夫人的王剑虹一起来到沅水之滨，在省立女子二师求学，开始了她的追梦生涯。她的一生为情感而生也为文坛意气所累，对世俗置之不理。虽备受质疑，依然勇往直前。也许今天的年轻人，也难懂她当年的心境。在历史的光影中，桃源永恒铭刻着丁玲坎坷一生中一段重要的生命姻缘。于是，我的步履便有了一份阅读的分量。

沿着江堤而行，听江水汤汤，人闲心静。我又仿佛听到了沈从文先生笔下沅水的水流声。曾经读过他的《桃源与沅洲》，他写道："从桃源坐小船沿沅水上行，船到白马渡时，上南岸走去，忘路之远近，乱走一阵，桃花源就在眼前了。""桃源既是个有名的地方，每年自然有许多风雅人，心慕古桃源之名，二、三月里携了《陶靖节集》与《诗韵集成》等参考资料和文房四宝，来到桃源县访幽探胜。"在那个兵荒马乱的年代里，尚有人能如此雅兴，桃源果真是一个世外桃源。沈从文说，桃源的这种风雅的形成，应该源自三闾大夫屈原。屈原在自己的文章里说到，当年自己就坐着一条叫桃源划子的小船在桃源清澈透明的沅水溯流而上，去往出产香草香花的沅州。一路上，屈原诗兴大发，"疯疯癫癫"吟着"朝发汪诸兮，夕宿辰阳"。沿岸"黛色无际的崖石"，那些随手可摘的“幽香眩目的奇葩”，溪谷里生长的芷草，那种小小洄旋的溪流，“合成一个如何不可言说的迷人心目的圣境。如果没有这种地方，屈原便再疯一点，据我想来，他的文章未必就写得那么绚丽”。想必，以沈先生之心，在沅江里乘舟而行，也会与屈原一样，有着一样的雅兴，加上对故乡河流的深情，他们笔下传递的情感，让我这今人也感觉嗒嗒有声。

从桃源县城往上游不远，沅江的左岸，有一列依水而建的吊脚楼，那条街叫兴隆街。沈从文当年从桃源乘船溯流而上至凤凰，曾在这里上的岸。望着那些水边的街铺，灰墙黑瓦，木门木窗，经风历雨，现已是斑驳残旧，但还想象得出当年这条街道的风貌。现实与梦幻在我的脑海里不断地旋动着，仿佛看到一个背着桐油纸伞，身挎布袋，正在迈开步子走向文学大家的身影，然而没有想到他的人生道路却是那样曲折而不凡。

时过境迁，如今沅江水面明亮得那么整齐，一幅江南诗意舒展而来，江风习习越过江岸的吊脚楼。我们的机动船拖出明晰悠长的涟漪，从江边的码头离开，清新的风四面吹来，带着青草的气息，情不自禁，我的视线又随着它们蔓延。

船到了水心寨，便进入了夷望溪。夷望溪是沅水的一条支流。一溪柳岸桃洼，空谷清灵。四周可见各种个性鲜明的植物，一丛丛，一片片。底下溪水清澈见底，两岸的绿树完整地倒影在水波里，融化在梦幻里，我仿佛与这杂树、这溪水融为一体。忽然，我看到在水心寨的悬崖的杂树的枝丫上蔓延着一种草，长叶飘拂，花朵下垂成一长串，风致楚楚，倒影在波光潋滟的水面，煞是喜人。夷望溪镇的朋友告诉我，这就是屈原在文章里所说的“香花香草”，是一种兰科植物。此行能够一睹我想象中的香草真容，果然不虚此行。溪边一树树、一蓬蓬的都是野生植物，都在自然的状态中形成和成长。它们通过根须和种子繁殖，不需谁来呵护，水就是它们的生命，在水的滋润下，一天天茁壮成长。那些溪边与杂树杂草一起生长的兰科植物，更是有着惊人的生命力，它们要在大树的绿荫还没有盖满以前，通过光合作用，储备充足生长素，一代又一代，成长了上千年。我想，这完全得益于夷望溪等众多的支流，更得益于这片土地上的人们长期以来对于水的尊重，对于自然的敬畏，为后人保留了如此完美的生态环境，让我们今天多多少少还能看到了屈原、沈从文当年的桃花源。

水声潺潺，让人不舍得上岸去。此时，在一片随着轻风摇曳的软草里，我惊喜地发现了几条硕大的斑鱼在静静地安歇，我赶紧抓住机会轻轻地按下快门声，照片就此记下了鱼的安详。是的，此时此地，它们的身体是安全的，没有喧哗，只有自在，似乎还带着一种书卷气息，这样的鱼，毫无疑问是自由与安宁的。相形之下，我们只能向往这些鱼了。人的心灵与自然馈赠的和谐，这种和谐，包括生态的完好、山川的静美，也包括各种动植物受到应有的保护和关爱，依照大自然赋予的权利，或者不受威胁的合乎其生命本性的生存状态。这是一曲散发着乡土气息和山村恬静的绝美田园诗，山光水色和深厚的人文底蕴融为一体，相得益彰。

运宪兄拍拍我的肩膀问："美吧？"这是毫无疑问的。在桃源，我会感受到那种穿过田园的风中有一股流动的人文气息，与总是仿佛安静的桃源，配合默契，内外呼应。桃源的美是随处可见可感的，她美得透亮，大气，美得有内涵，有品位。这可能就是桃源人在精神上的憧憬和追求。正因为如此，这里的人们千百年来都非常重视教育，培养人才，文风鼎盛，秀才层出不穷。难怪那天周代惠君骄傲地对我说，现在的桃源二中每年均有十多名中学生考上北大、清华，比一个市还多，二中与山水和富硒一起是桃源引以为荣的三大品牌。

退休了，闲下心来，寄情山水，葳蕤多姿，花气书香，原是天然一体、自相融汇。我不禁想起黄庭坚的句子："白发黄花相牵挽，付与时人冷眼看。"所谓人生的留恋和趣味，也便在这些地方里露出其面目。于是，我想，流过桃源的沅水，就是一条文脉，源远流长……

原载《今日桃源》2019年8月版

峨边黑竹沟

到达黑竹沟当天，我们就成了航飞黑竹沟项目的首批客人，就是乘坐小型直升机绕行一周，在高空上俯瞰黑竹沟。老同学吉米悄悄地问我：“你敢飞吗？”“飞啊”我说。说实话，当时我也在犹豫，心里有些不安。黑竹沟，那可是著名的“中国的百慕大”。

关于地球神秘的北纬三十度线上，发生过太多太多不解之谜了，恐怖失踪最著名的莫过于“百慕大魔鬼三角区”。之前，在峨边彝族自治县县城的宾馆里，我看到一本叫《小凉山》的杂志，上面有这样的文字吸引我：“往事尘封已久，最近从网上才有消息传来，旅行探险者进入峨边的深山老林，

70 年前失踪的飞机又一次被提起，引发人们的议论，然而莫衷一是，以讹传讹，有许多不确切。于是，我想当今世界我若不言，那段往事将永远湮没在四川乐山峨边的深山峡谷之中。”这是 95 岁的陶昌老人的口述。陶老是 1946 年在峨边失踪的中国航空 139 客机空难者遗属，也是一年之后到达失事地点搜寻的三位亲历者之一。他叙述其父亲于 1946 年 3 月 19 日乘坐三名美国飞行员驾驶，机上载有 30 多名中国乘客，由重庆飞往上海的中航 139 客机，该飞机在飞行途中失踪，一年后在峨边小凉山的深山峡谷中发现的复杂过程。当年悲剧的发生，让我联想起 2014 年 3 月 8 日马航 MH370 客机失联一样，云衢杀羽，犹如晴天霹雳。亲人们一天天的等候，终无确切的消息，惶恐一天天在眼前掠过。半个多世纪以来，各种传说，纷至沓来，黑竹沟真的就像百慕大三角区一样，成了一个世人惊恐的迷惑之地。

当然，关于黑竹沟的诡异不绝于耳。1949 年国军宋希濂部惨败川东，率部队向西昌方向逃奔，他试图从小凉山的黑竹沟穿越到大凉山。两个美式装备的先遣排进入黑竹沟后，多日杳无音讯，后续部队再不敢贸然重入。宋将军走投无路，于是，抽出手枪试图自杀，被其警卫排长一把抓住，随即被俘于峨边今县城沙坪镇。更有近十来年流传于民间的说法，说的是当地的彝族老百姓在放牛的时候，发现有的牛因为贪吃，跑到了黑竹沟里，村民进去寻牛，数天也没有出来。后来很多人去找他，一直没找到，却发现里面有很多牛。如此，本来就非常神秘的黑竹沟就显得更加的扑朔迷离。村民把这情况报告了当地政府，都想弄清楚到底是怎么回事。后来有

6名地质勘探人员来考察，进去了，最终还是不见出来。系列集体人畜入沟神秘失踪的事件，口口相传中，黑竹沟更加灵异变幻，令人生畏。初次听闻，我既对鲜为人知的峨边秘境充满好奇，同时又陡增对黑竹沟的畏惧。

坦率地说，我对许多地方为了旅游而无中生有编造传说的现象，多有厌恶。但是，峨边这个地方充满了许多传奇色彩的史实，竟令我抱着一堆文史故纸相伴入眠。神奇神秘，是需要一双特殊的眼睛去引导的。毫无疑问，黑竹沟作为一个早已存在的自然景观，天地万物间每个缝隙都生长着这么多历史，粘黏着那些曾经飞过上空或脚踩大地的人们，以及他们重重留下的悲剧与遗骸，更加有了后来的特定意义，我琢磨着黑竹沟足够的魔力，想象他无言无限的能量。比如传说中的惨重伤亡，就是这看似温柔的绿色世界，却到处都隐藏着神秘陷阱的大山沟。既然我已经到来，何不走一遭。因为我们对自然的未知才会感觉它的神秘，因为神秘而吸引我们去探寻，也许探寻的结果有时候是让我们豁然开朗，有时候是让我们更加迷惘，我壮了壮胆，走向直升机。

飞机慢慢地升上天空，蓝天渐次铺开。当我低头向下望去，隔着一层层云裳，墨绿葱郁，浓浓地灌满整个山体，在黛绿中不时地闪出一片片红的，微红的，黄的，微黄的，不知道是花还是树，它们盛开在绝望天界之下魔界之上，能把一切生灵熏醉。我问身边的彝族朋友粟那针尔那些黄的红的是什么花。粟那针尔说："我们飞过的地方就是黑竹沟口，是一片高山湿地，海拔在2000米左右，彝语叫马里冷旧。这里生长的多是珙桐树。""哇，这里也有珙桐树啊？""多着呢！整个黑竹沟到处都生长着珙桐树。”粟那针尔说。还真的是，秋天来了，珙桐树的叶子当然会变成黄色，再过些日子，还会变成红色。眼前千亩草甸，碧草如茵，湖光潋滟，山色黛蓝，珙桐树便是其间巨大的染色板。

记得我第一次看到珙桐树是在神农架。神农架地处北纬31°，应该说与峨边相隔只是一个纬度，都是地球圆圈里保存完好的亚热带森林的生态线，保存着良好的自然状态，这里有许许多多珍稀动植物，其中不乏众多濒危物种。生态适宜的气候，温湿和润，随便选择一个地方步入林中，无论抓到哪一处细节都会有独特的发现。珙桐是有着活化石之称的第三纪遗存植物，历万年沧桑，每年春天在它身上都开放着“中国鸽子花”，它是日月精华的结晶，野性而清香。一百多年前，英国自然学家威尔逊前来中国探险，寻找的就是珙桐。据说，他第一次在神农架看到蓬蓬勃勃的珙桐惊喜得都要晕过去了，兴奋得几天睡不着觉。于是，他从中国带了很多珙桐的种子回国。此时，我又看到珙桐树在黑竹沟不慌不忙地生长，它是有福的。我想，为了这一片片珍稀的树种，这里的阳光、雨雾、风神，还有甘嫫阿妞和她的兄弟姐妹、子孙后代，多少人事万物悄无声息地加入，为了珙桐树的合唱，深情守护，使得黑竹沟的生命如此蓬勃。

可不是吗？再一看那些历经亿万年时光雕琢的石峰之间，深不可测，可了不得，有青峰似剑，有深潭罩云，在天空的色泽、阳光的照射下，熠熠发光。那一条条一幅幅垂挂的瀑布，顺崖而下，万流归壑，水烟缥缈，在这样的澄澈的天光之下，成了不可替代的自然杰作。我在想，千万年之前，不知是谁的彩笔痴狂，把她描绘得如此多情，安抚了我初时的不安。此刻，黑竹沟完全没了应有的狰狞，完全没有我想象中的情景，那些读过的史料，听到的往事，留在脑子里的画面早已了无踪影。

秋色，在缤纷之上。

我俯瞰眼下的黑竹沟，却突发奇想，先前中航 139 客机从这里飞过的时候，正是兵荒马乱的日子，乘客们恐怕无暇也没有兴趣细细欣赏黑竹沟的奇特景观，还有那些有爹有娘的可怜的两排士兵，那些勘探队员和寻牛的村民，他们走进黑竹沟的时候，他们的心境又怎么能与我同日而语呢？我想，他们可能连瞬间的美景都来不及看一眼，便留下可贵的生命，而这些生命又赋予了黑竹沟更多的内在语言。

而后，我们回到地面，进入的是一条原始峡谷林带，这就是所说的“魔沟”。那又是另一番感觉了。粟那针尔说，这里就是曾经发生过多起人畜入沟神秘失踪的地方，石门关就是这条道上最凶险处。他这一说，恐惧瞬间燃烧我的眼睛，我看到黑暗的山影像乌云一样压下来，无数道阴风从石缝里钻出来，身子一抖，打了个寒战。前行之路将把我带往何处，我并不知晓。地上潮湿一片，浑然不觉，参天大树的叶子垂下水滴，水声笃笃，时大时小，滴在蜿蜒的石头路上，有节奏的响声就在近处，却仿佛又在山那边。偶尔看到一眼从树尖而入的天光，天光暗淡，雾气缭绕，形成了湿重的喘息。闪着微光的森林，让我生畏不已。这里的生命如此之多，很多生物为防止自己成为被捕食者，有的高高地盘踞在无精打采的树叶上，有的挂在树杈。看起来最无害的昆虫却有最致命的毒刺，没准脚边最灿烂的花朵却秘密带有毒性，这种生存竞争悄无声息地进行着。我左顾右盼，不希望任何大小的灾难出现在我们面前。我想，大自然有自己的法则，它是公正的，同时它又是很残忍的，这里并不存在可以上诉的法庭。大自然赐福于我们，而且毫不吝啬地给予，但是作为回报，她要求我们考虑她的感受，万万不可伤害。此时，我发现了手机进入了无服务状态，心里越发紧张。粟那针尔看了我一眼，说，黑竹沟有一个大约 60 公里的地磁带，我们走的还不到十分之一的路程，还看不到十分之一的景色，沿途火山岩石中含有大量的丰富的矿物质，会产生高强度的地磁，超强度的地磁可以使钟表停摆，指南针失灵。即使可能装上了基站，手机也不一定信号畅通。再加上山峻沟深，林野兽多，石苔厚滑，水流湍急，沼泽遍布，是一个藏在僻处无人知，人类不曾搅扰，无力侵占的洪荒地界，诸多因素随时都可能发生人畜失踪的离奇事件。粟那针尔话音一落，一行人全都哑言了。是的，我们都生活在同一个地球上，其他人的幸福和灾难也是我们自己的幸福和灾难。我们生存的唯一希望有赖于这样一句话：我们所有人都生活在同一颗行星上，我们所有人共同为我们碰巧生活的世界的安宁承担责任。

我们人人踩着前者的脚印一步步前行，突然“哎呦”一声，我们回头眼睁睁看着一位同行的文友陷入一旁沼泽。原来他迷醉于美景，没有按照规定踩着前者脚印行进，一不小心踩入沼泽，顿陷齐腰。所幸施救及时，才避免发生灾难。慌乱停息后，我想当年红军过草地时，多少生命就是这样在川西沼泽沦陷的。因此，面对大自然，我们心存敬畏。

这一回，我是真正感受到黑竹沟的色彩和气息，我也仿佛听到魔鬼的呼唤，这是黑竹沟傲然世外，兀自生息的洪荒气度。也许，地球最为洪荒的气度，只能留存于人迹罕至之处，留存于爱山护山的民族身上，它才能始终保持初始的本真本色。故而，倘若还有机会，我还来峨边黑竹沟。

原载《民族文学》2018 年第 12 期

常州味道

为什么常州别称“龙城”？我曾查阅过它的由来，对那些同质化的民间传说，有点不以为然。然而，在常州的日子，多得友人吴志刚耐心引领，我从红梅阁、青果巷和前后北岸的深宅老院走了几圈后，才慢慢地品出了这座城市的味道，才真正懂得如此般古城，岂一个“龙”字了得。

庭院深深深几许？庭院深深，群龙汇聚。不来龙城，真不知此地出过15位皇帝和众多名人雅士、风云人物。季札、萧统、陈济、段玉裁、孙慎行、龚自珍，还有瞿秋白、张太雷、恽代英、李公朴、洪深、史良、赵元任、华罗庚、刘海粟、周有光、高晓声等，一个个数都数不过来的英名都是在此地最早叫起，他们与那些修篁弄影、轩阁雅韵、亭廊诗情、庭院古风，在我眼前如历史烟云般晃过。

常州地处长江三角洲，自古文教昌明。凭长江水系和古运河之利，因而各地商贾濒临，名流雅集。且不说雍正、乾隆下江南多次巡幸，文学家苏东坡就先后十四次光临。藤花旧馆是东坡先生终老的地方。伫立庄重朴素的门前，一个想法迅即出现在我的脑海里。多次遭遇诬陷、流寓多地的东坡先生尝尽了人生百味，最后从流放地海南获宽释，渡海回到我家乡北海住了一年多，写下诗歌表达了看破官场，从此不再踏名利场的心情。不知他为何选择常州，而不是故土眉州度过最后的日子。抬头仰望高高的天宁塔尖，云彩慢慢飘过，袅袅依依。

那天，志刚对我说，常州风雅蕴藉。常州人秉性好客，暮宴朝欢，对生活早有讲究。遇对酒当歌，更是美味追逐极致。他这一说，我想，东坡先生定居常州是否与美食有关呢？东坡先生是文学家、书法家，也是著名美食家。“东坡肉”对于我等肉食者来说，是真正的入口入心。在他的名诗中许许多多关于美食的内容，一一昭示着一个资深美食家品味的高妙。比如，一句“蒌蒿满地芦芽短，正是河豚欲上时”的名句，简直是超越了一切的江南美食。也许数居龙城，那种来自生活的平静，常州味道潜移默化的“入侵”，拨动了他的心弦。尽管，他最后一路落花流水，但看到顾塘桥畔前北岸，藤花满庭，住下与知己佳肴几盘，黄酒数杯，得半醉闲吟，不亦乐乎。东坡先生以“一蓑烟雨任平生”的洒脱通达，为我们留下无穷的遐想。

在主人面前扯起美食，兴致十足，仿佛有馋嘴之嫌。而志刚则索性把我带到南大街双桂坊。此坊因北宋时两姓人家兄弟分别皆第进士，意蟾宫折桂。于是众心悸动，人气繁盛，便连片美食。明清成了本邑特色饮食街，留过许多名流雅士的足迹。这里有多家百年老店，如经营葱油拌面很有名气的面馆，以主营素菜出名的素菜馆，还有各式名小吃店。银丝面、蟹壳黄、四喜汤团、酒酿元宵、鸭血粉丝汤等百年名小吃一应俱全。一户大麻糕店前，师傅制作桶贴大麻糕，烤出的麻糕金黄不焦，香味扑鼻，原谅我实在无法抗拒，竟忍不住掏起口袋，买上几块，送入口中。果然，咸甜适度不腻，香酥可口不僵，皮薄酥脆，层次分明。麻糕师傅说，常州麻糕最大的特点是要桶贴，因为用炉膛旺火温度高，时间短，贴出来的麻糕容易产生松、香、酥、软的口感。因此，此档麻糕常州人尤爱，每天供不应求，馋嘴者得提前预订。

在双桂坊漫步，感觉到处处飘来岁月深处的味道。尽管如今双桂坊已成了现代化的工坊，而美食依然沿袭着原有的味道，在风中生生不息。

常州别样的魅力，体现在传统街巷里的风景。隐藏在弄巷里的饭店，带给我不一样的体验。平时我到哪里，无所谓高级不高级的餐厅，只要味道好就挪不动步子，所以，走到哪里我就吃到哪里，乐此不疲。那天，志刚领着我参观西瀛门古城墙不久，穿街过路，三转两转，来到“府前楼”。这是一家有名的老字号，一楼挂着“常州糕团店”招牌。进门一看，了不得，店内座无虚席，数百食客不分男女老少，不晓得，还以为是婚宴。柜台和橱窗里是琳琅满目的点心，任你挑选，令人由衷赞叹，不管是从美食的角度还是从文化的氛围看，都让人感到浑然一体，放映着常州人的生活场景，充盈着江南水乡的稻花飘香。那吃的场面蔚为壮观，堪称一景，暖暖的常州人间烟火。这种暖意源于对纯粹生活的一种味道。

上了二楼。菜来了。先上小菜，各种走了一遍，味道很不错。紧接着上热菜。先是“腻蟹糊”，说是喜庆宴席餐席上少不了的羹汤。用蟹膏、鱼茸等制作，鲜咸适中，口感润滑，和中养胃。当年乾隆到常州，极赞此羹，连叹“享用，享用”。

“清炒小玉”，有诗意！这是常州一道名菜，采用河虾活剥去壳，用虾仁清炒，粒粒饱满，甜嫩且爽口，极鲜美。鱼，原是水中的精灵，一旦进入人的菜谱，便是一味佳肴。豆渣饼蒸白鱼是经典，自然少不了。而软嫩鲜香的“白汁鮰鱼狮子头”，让“清炒小玉”不再有尊宠的风头。它肉如膏，汁如乳，莹白嫩滑，除了用长江鮰鱼为食材外，汤头也是用鱼骨熬成的，咬一口肉，喝一口汤，有说不出的异常鲜美，不得不佩服常州人厨艺的智慧和精致。可不吗？一盘碧绿的水芹，我喜欢先闻一闻，那香味穿胸而过，沁人心脾。然后嫩嫩的菜梗放嘴里一嚼，独特至极的香，还带些微微的甜意。还有张张嫩滑的横山桥百叶，白脂如布，夹一片入口，丝丝滑滑，豆香满嘴，实在难忘。

面对满桌的特色菜，筷子都应接不暇。等到蟹黄汤包时，美味早满喉咙。我连声说：“吃不动了。”志刚说：“你别看现在不想吃，等尝了第一口，你的胃口就又来了。”原来这里的蟹黄汤包是别处难以品尝到的。不要说它皮薄馅鲜，蟹香浓郁，汤汁纯美，就是厨师的配味也是让我尝了以后欲罢不能。吃蟹黄汤包不可性急，享用时，用筷子轻轻夹起，蘸些许镇江香醋，送到嘴边，轻咬一口，将汤汁吮吸大半，再送入口中。果然，香喷喷的汁液瞬间流遍口腔。哎呀，那种享受，真叫人难以表达。志刚微微一笑："怎么样？哈尼估(我们)家常州味道还是蛮好吧？""好切倒则！(真好吃)"我也补上一句刚学会的常州话。

常州味道怎么会这么鲜啊？我的问题，也是大家的疑问。一个文化丰厚、群龙聚首的地方，有着咒语般的力量，能使美好的东西得以保全。常州确实承载太多的东西，3000多年的文化记忆，还有基因、血统、灵魂、气质。加上这里河道密织，湖泊众多，物产富庶。自然、绿色、智慧、唯美，这些词天生就是为这方水土这方人准备的。这种不寻常的江南情韵，只有到了这里才会领略，需要安静地品味、感受，才能明白它的奥秘之处。

大快朵颐，也饱了眼福，与志刚聊天又开心。我始终认为，人生最高兴的事，莫过于遇上难忘的味道，然后口齿留香，心嗅其味，丝丝传递。我想，苏东坡喜爱的常州味道，我也会回味许久许久。

走出府前楼，漫步运河，踏上文亨桥，进入篦箕巷，人间烟火味又扑面而来……

原载《人民政协报》2016年3月28日

品茶羊楼洞

茶聚有缘人。

初冬时节，朋友邀我到赤壁羊楼洞品茶。羊楼洞是赤壁市郊的一个古镇，群山之中，安然静伏，桃源般美好。偶尔，看到几个嬉笑打闹的小孩，和坐在家门口闲聊的老人。我喜欢这样的古镇，那份怡情，那种心性回归，可能只有身临其境才能体会。然而，许多人和我一样，并不知道羊楼洞是蜚声中外万里茶路的源头之一，它起源于唐代，盛于清朝，还是中国砖茶的发祥地，有深厚的茶文化底蕴。

一到羊楼洞，朋友诗人必文兄就滔滔不绝地对我们说起他的家乡赤壁的茶史。茶叶之路以羊楼洞为起点，顺长江至汉口，逆汉水至襄阳，再改水运为马驮车拉至黄河，一路走东口河北张家口，另一路走西口内蒙古包头。东路砖茶往北入内蒙古呼和浩特，再往北到蒙古首都乌兰巴托，到达俄罗斯的恰克图，由此转口销往俄罗斯。西路经兰州过西域，抵阿拉木图转至欧洲。

据说这条茶路，鼎盛期每年输出砖茶几十万担。其中，羊楼洞的“川”字牌青砖茶名扬西域，而“羊楼洞”三字在蒙古和俄罗斯人眼中，便是茶叶圣地。必文兄的侃侃而谈，心中仿佛画有一幅清晰的老青茶历史脉络图。

听他如此一说，我想起去年参加中国作家协会一个去丹江口的活动，途经老河口休息喝茶时，曾听到茶馆主人说过羊楼洞，那时的我并不在意。老河口地处汉水中游东岸。从清朝中期开始，那里逐渐形成了一个繁华的商埠。据说到清末，老河口的商业繁盛超过了附近的襄樊、南阳，商船在老河口的江面上桅帆林立。南来北往的羊楼洞茶商驻足于此。为了便于商贸的接洽，便出现了茶馆，茶商们也逐渐形成一个规矩：在茶馆里一边喝茶，一边谈生意。到民国，老河口的茶馆达到鼎盛时期，大街小巷中竟有200多家茶馆。羊楼洞老青茶交易带动老河口茶馆的兴起，带来喝茶的嗜好。如今老河口的居民大都是商家的后代，他们还沿袭着前辈的喝茶之风。

在羊楼洞的静谧中，我们踩着伸向户户人家百年的青石板，透过老树间的空隙，看着溪水静悠悠从街边蜿蜒而过。溪水偶尔被高出水面的石头挡住便又回旋一下继续往前流去，清澈而灵动，诉说着岁月的曲折与深度。跨过门槛，我极力想从这些百年的老屋里探寻它们年轻时的风貌。

也许，必文兄看懂我们的心思，他引领着我们走向老街的深巷。果然，一个“三玉川”的招牌静静地挂在一个铺面的侧墙上，指示着自己的方向。于是，我们的目光指向前方，不经意间打量右边稍高的老屋上的牌匾，顿时，恍若走进了时光隧道——“茶”，多有寓意的字！接着关于“茶”的招牌又不断地出现在这条巷子里，这里果真与茶有着数不清的故事。

这些故事叙述着晚清晋商入闽收购茶叶之路被太平天国战乱切断后，羊楼洞地位得到了提升，成为近代中国一个集种茶、加工、贸易于一体的工商重镇。那时，羊楼洞常住人口竟达 4 万多，茶庄 200 多家，小镇迅速拓展 5 条主要街道，各种店铺几百家。人们把这里称为“小汉口”，羊楼洞与汉口一起成为当时湖北最为知名的两个地方。

曾经繁盛的古镇告诉我们一个事实，晋商为了方便运输，发明砖茶为我国茶叶出口做出了贡献。他们从江南收获茶叶，一路跋山涉水，越过蒙古到达俄罗斯，传递中国茶的荣耀和传奇。

阅读一间间茶庄，仿佛羊楼洞遮不了旧时的市声鼎沸，千丝万缕般的凝重，滋生淡淡的清香，在古镇里显得格外动听、亲切，把我们的心情折皱。我仔细辨认着每块青砖与石板的年代。必文兄指着通往古镇外的石板路上的长长凹痕说，这是当年被运送茶叶的鸡公车轮碾压留下的痕迹。我想，那么深的印痕，若没有百年碾压，是磨不出这样深度的。这是羊楼洞的肌理，清晰可见，它恍如从故事中回到现实，让我无边的缅想。

我仿佛看到神圣的茶族，游走在漫漶的历史中。茶商们一个个鲜活的个体生命，往返东西，散布在沙漠，或孤身野旅，或高声朗笑，或拼死一搏。栉风沐雨，命运在市场沉浮，个性在万里茶路上流动，苍茫欧亚大陆。

往事越百年，世事有跌宕。岁月的剥蚀，羊楼洞的茶庄由于种种原因在不断地变迁消失，当年的荣耀成了养在深闺的女儿。这真让赤壁人心里不是滋味。必文兄说，不管怎样，羊楼洞老青茶的香魂已留在了草原的千家万户，它依然是蒙古牧民一直青睐的茶，他们对它的感情一直没有变。他还说，近年来，老青茶的老字号的恢复和保护被频繁提及，在社会力量的推动下，一些消失或淡出人们视野的老牌子重现市场。

不知不觉中，我们来到了一家茶馆。听说我们远道而来，老人家特别慷慨，拿出珍藏多年的老青茶来招待我们。他边熬边将冲着香味的茶盖递到我的面前，果然香气四溢，沁人心脾。于是，周边的人纷纷围拢过来，走近它……

我想，这源于青砖茶的品质，优质的茶叶与我们此前参观的万亩茶园，呈现出平和清淡的自然秉性，给人以清气扑面、满目清润的深切感受。老人说，老青茶的妙处在品味甘洌香茗之外，更重要的是消脂解腻，清胃生津，化郁积之气，致清和之健。没想到这对我等肉食爱好者来说，真是个好货。我听人说过，大凡发酵过的砖茶在储存过程中就会发生质的飞跃，味道会变得更加圆润绵滑，舌尖感受更为柔顺，余韵悠长。

“老青茶越陈越香，好比红酒需要时间的洗礼与沉淀，并与其中的微生物发生氧化聚合。存放的时间越长，味道会变得醇厚，茶的价值也随着存放时间而提升。”老人如是说。果真，这壶茶冲泡出来后，那杯中一抹透亮的红，像玛瑙般晶莹。我知道，品茶是雅人的事情，因为不但要有钱，而且要有闲情逸致，更要有敏锐的味觉。我俗人一个，如何品茶，我是个外行。同行的潘向黎茶道很深，并有饮茶的著述。她端着茶杯对我说：“你需用心去品，啜饮入口，方得真韵。虽茶汤入口有点苦味，但待茶汤于喉舌间停留，可感受茶汤回荡齿龈，并由舌根生津，这时满口芳香，为最佳享受。”听她一言，我迫不及待举杯鼻前，轻闻茶香，那种独特的茶香，不在幽兰清菊之下，让我顿觉神清气爽。轻啜一口，通透红亮的茶汤，细细品味，它的醇和、细腻，带给我由舌至喉，由喉抵心的舒服，淡淡的苦被缠绵的回甘替代，这种感觉，好像一杯茶汤从岁月深处走了出来，包容了时间与历史。

羊楼洞，时光的味道。老青茶，让羊楼洞积聚了一种古老的颜色，凝重而深刻，坚实而久远。有缘在羊楼洞品老青茶，人生的风景生在我们的吐纳里。看着品杯中透亮的茶汤，品不够它的气质与神韵，离开时频频回首，竟满怀不舍。这时才发现，我的心，已遗失在羊楼洞，遗失在万里茶路了。

原载《人民政协报》2015 年 8 月 12 日

阿细月歌

太阳下山的时候，车还盘旋在山路上。落霞晕染蔚蓝的天空，映红了整片山，嫣红，绚烂。见如此美丽的景色，让我想到一句话："朝霞莫出门，晚霞行千里。"许多个转弯之后，可邑彝寨的山门出现在我的眼前。

可邑因为我们的到来，早已热热闹闹，欢声笑语。车一停下来，热情好客的阿细人那诚挚的问候扑面而来，他们给我们换上了阿细人的盛装。白发的阿细长老站在门前，手捧酒杯，用彝语念了一段欢迎献辞。当地朋友告诉我，可邑听不懂汉话，有了彝话的献辞，就会给我们带来吉祥。长老话音刚落，顿时，鼓号齐鸣，山门两侧，阿细男女在大三弦的伴奏下，跳起阿细跳月欢迎我们。美丽若仙的阿细姑娘端上了糯米酒，喝罢这杯进门酒，往前跨过一堆火，我们手牵手，就踏进可邑阿细家了。

我是在昆明参加2015年中国·南亚东南亚作家论坛后，和与会的尼泊尔、孟加拉等国作家朋友一道，探访弥勒市西山彝族阿细人居住的可邑山寨的。

踏进可邑，四周植被簇拥，错落有致，视野所及不觉缺失，别具一格的居舍置身其中，在暮色的遮盖下，炊烟袅袅，宛如梦幻的仙境。我好生惬意，有一种进入世外桃源的感觉。微风轻轻缠绕，漫步洁净安然的幽径，寻找散落的悠闲。偶尔看见寨中水潭，眼底古树倒影，头上蓝天白云。这里没有汽车的喧哗，没有闹市的吆喝，没有尘埃的扑面。看到的是天真和蔼的眼睛，闻到的是扑鼻的茶香，听到的是不断的问候和落在笑声里的鸟鸣。这时候，我不得不敬佩可邑的神奇，如此张扬的绿色被山高气爽所承纳，就有一种倾心的美。同行的尼泊尔诗人普尔曼情不自禁地拿起相机，把一路景色拍了一张又一张。生态美景缱绻我的目光，虽没带相机却贪婪地观赏着，一时眼眸如同照相机，不断取景定格于一个个景点，一时又如同摄像机将一路所见摄入，留存于心底……走走停停，转过几个拐弯，突然发现，同行的朋友都在前面不远的地方，真的迈不开步子了，不时遭遇领队的频频催促。

可邑是原始的，也是神秘的，这里的一草一木都是大自然的乐园，一禽一兽都是上苍所遗人间的灵物，人在其间，心融自然。我想，这一切来源于阿细人对大自然的细心呵护。看到这一切，孟加拉国作家拉菲克情不自禁地对我说：“阿细人就像这些古树一样，生长在坚硬的石头上。”这话意味深长，无须煞费笔墨书写，老外的这句话，就是生动的描绘。阿细人就是郁郁葱葱的树，相伴成林，柔情而不失独立，自给自足，不依附，最终福报。树木在阳光、水分和泥土中成长，给人一种亲近温和的感觉，通过它，我在可邑找到了一种幸福感，这种幸福感来自我对生态家园的无限情感，以及让它的生命以另外一种形式复活并延续。

在一片葱绿的山顶上，尼泊尔诗人瑞杰修惊奇地发现，霞光像聚光灯照耀着赫然耸立的一座圆形建筑。他指着山顶，问我那是什么？

“啊！像是碉堡。”我心里一怔，此物常在心中与战争关联，它的身边发生过哪些惊心动魄的故事呢？它或许是可邑更老的老者，布满岁月的图腾，令人思索远古。认识它，需要我们坐在它的身边谛听它的细语，谛听它来自岁月深入的幽茫心事。

我猜测着，一知半解地告诉瑞杰修，是不是阿细人的祖先早年就定居在这荒山之地，在高山峻岭之上，大家伙儿抱团取暖，安居乐业，他们关上山门，看似壁垒森严，却一家一户地比邻又独立，享受山里的自由，鸡犬相闻，其乐融融。这碉堡结结实实，严丝合缝，时刻警惕着匪兽来犯。它像一位壮实的勇士，给阿细乡亲带来安全感，深邃而神秘的眼神充满着对往事的追忆。我仿佛看到那些擦肩而过的身影，那些流光拂影侵入我的心灵，点缀我的一丝苍寂。

古老的民族，古老的山寨，可邑每时每刻都在体现一个词：厚重。山是厚重的，除了呈现给我们赏心悦目的风景，千百年来，只要阿细人愿意在它身上劳作，它就会不断奉献给他们赖以生存的物产，阿细人养羊，喂猪，种茶叶、烟叶，还可以采摘满山的核桃和柿子。如今，阿细人还办起了环境舒适的农家乐。漫步可邑，就能感受，为了生存和繁衍，为了生活精致美好，阿细人用他们的聪明才智就可以开出满山的鲜花。世间万物本来应该相让相就，相融相衬，我觉得是有道理的。社会与自然、人与植物也应该如此。青山绿水装饰阿细的生命和梦想，他们把自己的民族记忆符号刻在了生命中，使可邑贴近上苍，原汁原味，浓厚本真。

听说我们远道而来，阿细人早就为我们杀羊宰猪，在可邑村委会的庭院围廊里，为我们摆上风味独特的生态晚餐。据说这种方式，表达着阿细子孙对食物来自始祖赐予的深深感恩，也表达了阿细人热情好客、宽大仁厚的朴素情怀。可不是吗？阿细人举起酒杯，为我们敬酒。敬酒歌唱起，我们一起干杯，一曲又一曲，一杯又一杯。敬酒歌美妙的旋律，吸引了尼泊尔的朋友，他们竟然也能跟着哼了起来。瑞杰修说，没想到这里的敬酒歌，居然与他家乡敬酒歌的旋律如此相似。或许，音乐使人心相通，感情相融，在这美好的时光，便有了心灵的共鸣。民歌最有地方特色，最足以表达真情。情真意切，心声自然而然会流淌出来。所有人都要穷尽家乡最美的民歌，来抒发心中的快感，以铭记今夜在可邑的相遇。我们与阿细人，时而合唱，时而独唱。来自加德满都河谷的比马尔和莫米拉博士主动请缨，用家乡语言演唱了一曲尼泊尔情歌，平稳而富于装饰音的歌声，像清风徐徐飘过山野，百花吐艳；来自孟加拉湾的伊斯拉姆纯朴而粗放的歌声缭绕千峰，树木摇曳。不同国家、不同民族的歌声，交汇在一起，此起彼伏，妙不可言。可邑，顿时成了国际乡村音乐会，歌在山中，万种风情；人在情中，一生如梦。

此时，天上突然下起大雨。我想，若是没有雨的衬托，只怕可邑山里有些空洞，喜雨尽洗绵绵青山，只觉人间可以静好，哦，正是这阵大雨，以闪电般的速度，让我们的歌声唱得辽远。我想起顾炎武的诗句："苍龙日暮还行雨，老树春深更著花。"这时，山、水、树、花、草会同土酒、会同歌声、会同我们如痴如醉的心，一起飘荡。山野唱和，这大概就是所谓"天人合一，物我相亲"的感觉了。

雨很快就停了。最妙的是天幕突然悬起了彩虹。这彩虹，不是一道，而是两道叠加，宛如两座璀璨的虹桥。这难道是苍天特意为我们安排的吗？太罕见了。它七彩分明，柔和协调，镶嵌在波峰浪谷之间。人们兴奋地纷纷拿出相机，拍下这奇异的景观。我的心被这神奇的景象震撼了，也赶紧用手机拍上几张，按捺不住喜悦的心情，立马用微信发到了朋友圈。意料之中，所有的回复无不羡慕，都说我太有福气了。人人都说今天如此有福，是可邑带给我们的吉祥，我想到了长老在进门时，为我们念的祝福献辞。我面对青山，幻化欲仙，在无边的歌声中，一会儿缥缈，一会儿清晰。

月亮出来了，篝火点燃了，大三弦弹起来了。阿细人围起了篝火，跳起了传统的民间舞蹈"阿细跳月"。绚丽浪漫的舞姿万千妩媚，像清爽的山风，像欢快的山溪，像燃烧的火把，千百年来久跳不衰。姑娘的裙摆搅动着夜色，篝火把阿细的夜空烧得闪闪发光。我仿佛看到她们在月光下如蝴蝶般地飞舞，我看到了阿细在火光前绽开的满足与幸福。他们是一个生命体，不仅仅有骨骼血肉、生理机能，更有精神和灵魂。阿细跳月与可邑的缘分，是上天赐予的，任凭岁月怎样打磨，也磨不掉这段旷世情缘。

月下的可邑，带着泥土的味道。阿细跳月与四季联姻，把似水的柔情和奔放的情感有机结合，像一首诗的开端，意境不断深入。阿细跳月牵动了我们的思乡之情，阿细情歌催生了我们的情愫。我们再也控制不了自己躁动的脚步，纷纷走近熊熊燃烧的篝火。不善舞步的我也牵不住自己，来一次热烈吧，体验着阿细人飘逸浪漫的动感与欢乐。歌是动听的歌，和声优雅，如泣如诉，若是男女对唱，歌就婉约机智得多了；舞是欢快的舞，如藤如蔓，脉脉相邀，若是有缘相逢，跳到月亮高挂又何妨？我们不停地歌唱，不停地跳月，肢体慢慢生长了摇摆着。

月亮之下，将美好与仁爱尽揽入怀。那样的夜晚，那样的心境，那样的诗意，身处清凉的月夜，怡然快乐可想而知，那份幸福是都市里无法拥有的。我想，这便是可邑和好客的阿细人给我们原始的、质朴的、诗意的恩赐，于我，真是多么好的福分。

此时，彩云之南的可邑，天穹上，椭圆的星空正在铺展，犹如树冠张扬，满月如乍开新镜，照亮了阿细人的村舍和林木，照亮了阿细人踏过的舞步。我往山顶一看，那座古老的圆形建筑，朦胧困顿在深沉记忆的幽静中。我们的一生，总是错过许多机会，每每在心底留下诸多遗憾。然而时光的河流，从来不会为谁停滞或者转弯，只会一往直前。作为被河流裹挟着前行的我们，当歌则歌，不要错过身边的美好。纵使时光远去，我愿被思绪的风帆搁浅在这片无人纷扰的田园里，枕一片皎洁的月光，倾听生命在拔节。

原载《云南日报》2015 年 8 月 22 日

怎一个“神”字了得

对于绝大部分人来说，神农架曾经是一个遥远而朦胧的梦境。在三四十年前或更早的时候，因为“野人”的发现，神农架如同一个天地洪荒的时代，在我心中拂过。对于“野人”的兴趣，大概出于人类智能的本性，也出于一种对自身的好奇。十多年前，我到武汉，问起神农架。有朋友告诉我，鄂西很遥远，从武汉到神农架是一个必须把耐心和诚意放在车轮上验证的旅行。无数车辆在盘山绕峡的318国道挤成一条长龙，“华中屋脊”高大身影等着你，如果堵车，得花两天以上的时间，还有那段“野人”出没的崎岖山道更悬，一颗心就这么悬着到香溪河的源头。

当然，现在不会了。飞机、高铁以现代文明的突进方式，全面压缩了我们与神农架的距离，一把将我们拽进木鱼镇可以快速来去的视界。

那天，从一个叫昭君故里的地方开始，充满诗情画意。穿过村镇，通向峡谷的路逆水而上，弯弯曲曲，几处农舍几处意境，一种恬静淡泊的气息扑面而来，身心立即清爽起来。

车行约十来公里，峡谷在视线内渐渐清晰，两边高耸入云的身躯如两堵巨大的墙体，脚底是条透明的溪，激荡的水流和一块块青石猛烈冲撩，水声因水花飞溅而起，水花又伴着水声起舞。两岸山树横空出世，向上伸展，把青枝彩叶交织在悠长的空中。我屏息凝神，静静融入这个浅绛的水墨世界，心中啧啧赞叹。

神农架就在眼前。重峦叠嶂，浩渺连绵，峰回路转，古树参天。完整的晚前寒武纪地质夷平面、喀斯特幽谷地貌和古冰川侵蚀遗迹遍布，成千上万的石头沿山坡分布，或堆或散，或倒或立，形态各异，有序却无状，棱角分明，深色的身影如走向历史的黑洞。从神农谷俯瞰，一丛丛的石林颜色更深，断崖的、起伏的，长长短短，高高低低，在冷杉、箭竹和杜鹃的簇拥下错落有致。从没想到神农架竟有如此韵致，叫我惊讶。我才疏学浅，无法定义这些地质遗迹，但我看到的石头仿佛醒着，充满灵性，让我有一种和历史对话的欲望。我想象着那次席卷全球的格林威尔造山事件的那一瞬间，恐怖而神奇的场面，许多生命消失了，许多新的生命又诞生了。

如此壮美散淡，云里雾里，辽远纵深。我用手机拍了几张很美的照片，微信发给家人。女儿惊叹后，竟用怀疑的语气说，真的吗？你拍的？真要命，我亲临现场，难道有假？我是一个好奇的人，总想着知道关于这种世界更多的知识，总有我想不完宇宙的奥秘。选择一块石头坐下，慢慢思绪着高山的本色，情景如奔跑后的马，放慢了脚步。

我来的时候，秋高气爽，空明澄澈，浓墨重彩的阔叶混交林从山脚直达山顶，它的丰富超出我任何的想象。桦树、枫树和其他树木的树叶经霜而变色，变得色彩斑斓，红色的、黄色的、粉红的，层层相染，在山野中燃烧，如涌动的烈焰，把幽静的崇山感动得一片灼热。而高山杜鹃随山而生，虽然已误过花期，但因海拔高度不同也各具情态。神农架的工作人员小屈对我说，每年五月这些杜鹃开出的花，火红的、粉红的、粉白的，和其他杂树繁花，错落相间，满目花的世界，清香扑面，蜜蜂、蝴蝶纷纷而来，翩翩起舞。他告诉我，世界上有 80% 以上的植物传粉是由动物完成的，其中昆虫是主要传粉者。在开花植物种类中，约有 65% 是通过昆虫传粉的，植物经昆虫传粉能够增强自身活力和遗传多样性，而昆虫也为了自身或子代营养和需求访花，两者相依相存，精巧协力发展，共同繁荣进化。在昆虫里蝴蝶和蜜蜂最有代表性。小屈的一番话，让我感觉植物多好，它们与昆虫在一起，冷而蛰居，暖遂萌动，简单寻红尘，清净伴日月，不懂得尘世喧嚣，只在意花红花黄。看着它们在树丛中的那份从容，我就想，植物和昆虫微不足道，但它们未必没有大于我辈的心胸和满足。于是，我明白了爱因斯坦为什么这样说，“如果蜜蜂从地球上消失，人类只能再活四年”。我看到那些蜜蜂在一朵花上，依偎在空中，成了秋天的一个心跳。风声、落叶声陪伴我回到蜜蜂滚动花心的时候，两只圆鼓鼓的后腿，沾满了闪亮的金黄。多么美丽的世界，如此，为人足矣。而酷爱蜂蜜的我，真该感激这些为了我们的活着而辛勤付出的小生灵。

如果说神农架是洪荒的，那是因为它地处北纬 31°，是地球这个圆圈里唯一保存完好的亚热带森林的生态岛，保存着良好的自然原始状态。这里生存着 3000 多种高等植物和 300 多种珍稀动物，其中不乏众多濒危物种。它们生在适宜的气候中，温润和气。随便选择一个地方，步入林中，无论抓住哪一处细节，都会有独到的发现。且不说林中的异树奇花编织着奇妙的梦境，那国宝级的珙桐就可见一斑了。珙桐是有着活化石之称的第三纪遗存植物，历万年沧桑，每年春天在它身上开放的“中国鸽子花”，是日月精华的结晶。100 多年前，英国自然学家威尔逊前来神农架探险，便是寻找珙桐。据说，他第一次深入神农架看到到处蓬蓬勃勃的珙桐，几乎要晕了过去，兴奋得几天睡不着觉。他从神农架不仅带回了珙桐的种子，还采回了中华猕猴桃的种子。回到英国后，他对中华猕猴桃进行改良，经过精心培育，成了英格兰最重要的出口水果。威尔逊一次次来中国，又一次次带回珍贵的植物标本，他被称为“打开中国花园”的西方人。因此，西方把神农架这个惊人的地方称为人类梦想的“伊甸园”。

而海拔 2600 米的太子垭，更是透着古老而神秘的气息。据说，这里是“野人”和珍禽异兽出没的地方。如果一个人穿行林中，真有点不寒而栗。高山冷杉粗大的树干支着巨大的华盖，树下灌木丛生，一片静谧，只听见流水哗哗的声音。流水表现着一种阴柔的气质，水从山崖上流下，滋养满山的草木，又以隐忍、顽强之姿生生不息，似乎在告诉我以怎样心态面对人生的跌宕起伏、喜怒哀乐。

想到5000年前的炎帝，真的是久远的以前。虽然在后来《周易·系辞》中仅只言片语，但神农氏在此架木为梯，采尝百药，救民疾夭，教民稼穑，便有了一个神奇的称谓。想到这里很早就生活着与山水交融的原住民，他们有接近山林本真的生存秩序，他们拥有独特的味道、声音、色彩和温度，像梦一样远，又像梦一样近。当年，神农氏穿过上古的烟雨，从随州来到这里，望山看水，认树识草，那份在绝妙山水里生成的长长唏嘘可想而知，否则怎么会有后来的《神农本草经》呢？

神农氏以自由的姿态在林海中来去38载，每一个毛孔都浸润着艰苦与惊喜。他和百姓过着一种穿兽皮、食野蜜的简单生活。他用花木本草化解生命的困惑，浇灌人们心中的块垒。他的温和如山里草木香气，他的心地如大九湖的清澈宽容，他的质朴有着普世的慰藉，直抵人心。我想，神农氏这种良善，一定是雄奇的大自然浸润，并与其一起生长，在美好自然中培养一种朴素的情感。

当理想主义者陶渊明在为世外桃源絮絮叨叨时，当19世纪美国作家梭罗陶醉于他的瓦尔登湖时，不管有意也好，无奈也罢，在这3000多平方公里的林中世界，神农氏已开启中华农耕文明。炊烟袅袅，降牛而耕，织麻纺衣，聚货交易，花开人前，东篱南山。多少年过去，即使是唐、宋、元、明、清那些时光，中国的土司制度牢牢罩住了这地广人稀的大山，以夷制夷也罢，改土归流也罢，神农架还是神农架，没有的它不会要，该有的终究不会丢失，自在安详，人与自然构成了我国内地的高山原始生态文化，从来就没有老去，这难道不够神奇吗？我读书知道，古人所称的“帝”就是现在人所称的“神”，毫无疑问，这个被人称炎帝的神农氏，他的功德泽被后世……

以自身的血肉、精气，拥抱一切能爬、能走、能飞的精灵，养育一切能吟、能歌、能舞的灵魂。走进神农架的时候，我以为是梦。一个五彩斑斓的梦，一个横亘南北、覆盖东西、神秘神奇的大梦，怎一个“神”字了得！本色的生态和原色的家园储存了人性的温暖，神农架的容颜就是神农氏的容颜，神农氏已和大山融为一体。我想起一位科学家说过，在北纬31° 多为戈壁、沙漠的干旱地区，能保存这一生机盎然的原生态基因库，是老祖宗给我们留下的，应该好好守护它。我感叹着神农架的父老乡亲，以足够的生命诚意，完美地守护着人类梦想的“伊甸园”。

我的灵魂于是有了使命感，顿然升起一股眷恋。因为我在神农架的许多新奇感觉，是用最原始、最朴素的方式注入的，其纯真的原色已成为我努力、希望、等待的充满人性光泽的世界，似梦境，又似栖息在心灵的久久念想。

原载《迷上神农架》2016 年 4 月

走过雪山

我们是坐着汽车过雪山的。当然，我们也下车走了一段，但我绝不敢用“翻越”这个颇具分量的动词。因为，在很多年以前，我在一本画册里看到过一张灰白的照片，注文写着：“夹金山主峰。红军翻越此山时正逢六月飞雪。”从此，一种对红军，对雪山的景仰长久驻扎在我的心底。

也是六月。

我们一行离开成都平原，车过都江堰，就不停地在山上云间行走。山，一座接着一座；云，一片挤压一片。几个小时之后，车爬上了巴郎山。巴郎山，海拔 4500 多米，这座与夹金山紧挨着的雪山，终年积雪，是小金乃至嘉绒、康巴地区联系内地的重要通道，是当年红四方面军防御灌县之敌的主战场。在海拔 4230 米的高点，车停了下来。满坡高山杜鹃和格桑花，红白相间，灿烂无比。

“世之奇伟、瑰怪、非常之观，常在险远而人之所罕至焉。”对于人类来说，风光美得令人心醉的地方，常常不仅如王安石所言难以到达，而且如眼前生存条件极其恶劣。川西北高原本身就是一片苍凉大地，氧气含量不到海平面的一半。人类在 4500 米以上的海拔高度更是无法生存，这是一片“生命禁区”。

行进中，我时不时感觉后脑有如针扎，前胸后背像各压着一块巨石，闷得难受，身体渐渐少了几分力气，眼前罩着一团雾。尽管高原及高原反应对于我已不陌生，但这种感觉仍使我陷入担忧，高原反应恶果的传说太多……

此时，天已暮色，果真有冰冷的雪花飘落在脸上。飞雪让我想起那张照片。想起那支浴血湘江、四渡赤水、飞夺泸定桥的队伍，那支大多由吃大米饭的南方人组成的不足十万人的队伍。70 年前，他们被迫在这里进行悲壮而苦难的征程。

翻越雪山，红军是无可奈何。蒋介石发出命令要把年轻的红军困死在这片“生命禁区”。

据南京国民政府的档案记载，蒋介石在北伐战争之后，由国家财政集中支持，用了几年的时间，建立了一支庞大的军队。南京政府以新式装备维持约 30 个师，外围用津贴的方式又维持若干省区部队。更有甚者，滇、川两省则只要服从中央，就不惜代价。此时，国民党的总兵力已从北伐的 140 万人扩充到了 230 万人。为了封堵红军，他把冀、察、晋、绥四省统税局的棉纱、卷烟、火柴、面粉、洋灰和矿税、烟酒税、印花税等所有收入，直接补给四川军阀刘湘作为军饷。刘湘则效用蒋介石在广东消灭陈炯明拿下惠州城的方法，把银币成堆地摆放在地上作为犒赏，以奖励冲锋在前的川军。

红军已经到了吃皮带，吃草根，弹尽粮绝的危情时刻。就这样，兵力的悬殊，红军必须饿着肚子翻越雪山。

重走长征路——面对红军翻过的雪山，那一座座我从小就熟读名字的夹金山、梦笔山、虹桥山，一把就将我的心灵拉近，让我真实地看见它们，让我拾捡着发生在雪山上的一个一个的感动。

我不知道该对雪山上一个个埋葬着红军骨骸的土堆说些什么，我也不知道面对小金民居残墙上川军当年的“红军兄弟回川南，人人能吃大米饭”的口号说些什么。因为，作为以大米为主食的南方人，我可以遥想，这条标语曾牵动过多少以南方人为主的红军士兵饥饿的目光；可以遥想，他们在交换彼此目光，咽下涌上喉头酸涩的馋涎，转身，又一路去吞咽野菜、草籽甚至皮带，一路前行。他们只是为了一种理想和信念，就这样在地球的高寒雪域，对人类所能生存的极限，进行着顽强而痛苦的翻越。他们因信念之火的升腾，或因一脚踏空而沉下山谷，或因饥饿、缺氧、寒冷、伤病……倒在冷酷高山。其实，他们当时无力，无助，没有留下闪光的语言，也来不及向千里之外的家人投去最后一缕眷念的目光。但，雪山留下了他们，留下了这支队伍深深的脚印，一种终将胜利的步履，一个凤凰涅槃的传说。从此，就有了很多或温情脉脉或鲜血淋淋的生命。这里的一切，不只是并不遥远的红军先辈的，也是属于现在的我们自己的。谁能说清我们对他们所知有多少？谁能说明我们对于自己所知又有多少？踏行在用红军头颅和胸怀铺设的路上，我渴望走近他们，走进他们的世界，倾听那风雪交加中遥远的挣扎，一股深深的敬意和哀痛连同我的头疼混杂一起，想着那些和我一样来自“富氧”地区的一个个活生生的南方战士，我无语欲泪。

放眼望去，一片空寂。我们进入了几乎寸草不生的荒凉雪山，吃力的脚步艰难地移动，晕头晕脑地顺着连绵山坡走向高处。

我们在读雪山，用心用情去理解一种力量，去领会一种精神。

面对雪山，人活得那么简单，又那么痛苦。语言显得多余，它只是一种表面的抵达，而真正的语言在于行进。在这里，我看见了诗人毛泽东的浪漫乐观的气概，他要把宇宙间无穷无尽的美感和悲壮相统一，在人身上得到充分体现；我看见了诗歌，它是一种原始词语的遥远回声；我看到了一种精神，像一束耀眼的光芒，穿过天地之间无数尘埃抵达我的心府。于是，雪山不是荒芜的象征，不是死寂的再现，只要与它久久交谈，就能读懂一种血液的凝固与血性的升华，读懂历史长河滔滔不息的奔涌或瞬间的戛然而止。当我们从夹金雪山下来走到仅剩一万多红军跨过的那座达维会师桥，走下梦笔山下那片郁郁松林，我仿佛看到了一只重生的凤凰在飞向蓝天。

已经是和平年代，不会再有人被迫“翻越雪山”。而我们每个中国人，能忘却那段惨烈的历史吗？走过了雪山，对红军、对中国乃至对生的意义，我比以往任何时候都多了许多真切的情思……

原载《人民日报》2006 年 8 月 19 日

鲜花告诉我

川西北。夏季的班佑草地，雪峰峻峙，经幡映日；沉寂了一个冬天的草从冰雪中醒来，经过春天的舒展，成了最美丽的季节。花开了，草青了，一片茫茫，数百里。

我无法以快乐的名义赏花。

之前，我们刚刚在草地边上的牧民新村拜访了一位 70 多岁的老人，他的名字叫“流落红小鬼”。我拉着他的手，听他讲述他的母亲、女红军刘大梅，一位从湘西出走的女子——红二方面军的宣传员的故事。她跟着贺龙的部队，拖着儿子翻山涉水，终因饥寒劳疾沉睡在雪山下的草地边的经历。不满 7 岁的他，没有了母亲，他没有走过草地，从此，流落在牧民的家中。整整70年！

走向草地边缘的一块无名纪念碑，献上哈达。宽阔，空寂，苍凉，震撼。静穆中，我们一行泪流满面。

刹那，小时候读过的课文在眼前出现。茫茫草地气候恶劣，变化无常，忽而迷雾重重，忽而风雨交加，忽而骄阳似火，忽而漫天飞雪。草地上，既无道路，又无人烟；草丛下，河沟交错，泥泞不堪。腐草结成的地表面，十分松软，人在上面行走扑哧扑哧作响，一不小心就会陷进泥潭不能自拔……

那是一支怎样的军队？一队穿着灰色军装，撑着拐杖、相互搀扶的人马，就在这片草地长长延伸，艰难前行。红军，在川西北的土地上足足转战一年零五个月。

遵义会议后，毛泽东指挥红军逃出了国民党几十万重兵包围，直上川西北，爬过雪山来到草地，蒋介石一方面隔断红军南下退路，另一方面迫使红军过雪山草地，借恶劣自然环境困死红军。茫茫泽国，空气稀薄。饥饿、疾病、沼泽……战士们寻找一切可以吃的东西——野菜、草根、皮带、老鼠，甚至是人畜粪便中没有消化的青稞粒。大自然以冷峻的面孔用人类生存的最大极限考验和筛选这支强悍而年轻的军队。

走进草地，几乎濒临绝境，一万多红军将士长眠于草地，其中就有无数的刘大梅。

行进中的战士不小心踩空了脚，陷进了泥潭，身子渐渐往下沉。他知道自己上不来了，赶忙摘下背上的枪，用生命最后的力气扔给战友。站在草丛边上的战士，伸手抓住了他的手，用力一拉，草丛塌陷了，救人的战友也陷进了泥潭。又一个战友上前去拉第二个战士，也跟着陷了下去。第四个战友伸出手中的棍子，想把陷下去的战士拉上来，结果还是陷进去了。

这便是脚下这片草地，这便是无望的美丽的陷阱。

班佑是1935年中央红军进入草地后见到的有人烟的第一个村寨。寨子西边有一丛繁茂的七色花，拨开花草，全是白花花的遗骨，很多很多。当地人说，这是当时负责收容掉队战士的红一方面军三军团掩埋的。

草地，一个无底的深潭，吞噬了多少年轻的战士；草地，一个布满遗骨的沼泽，开着无边无际的鲜艳的花朵！

重走长征路——过草地的那天，我的手机收到了女儿发来父亲节的祝福，我泪流满面。因为我脚下埋着的遗骨，他们的花季没有爱情，没有家庭，更没有孩子今天亲爱的祝福。然而，草地上七彩的鲜花告诉我，他们都是新中国之父，他们用生命庇护着我们，我们每一个人都是他们的孩子。静静地默立着，深深地祈福着，我祝福这些花儿，永远鲜活、灿烂。

花草连天，长河落日。

1960年，毛泽东与老朋友埃德加·斯诺会面时谈到他在草地的情景时说："那是我一生中最黑暗的时刻。"的确，毛泽东与张国焘在这一地区展开了长征以来关于红军何去何从的最为激烈的斗争。当时，红军面临的威胁不仅来自国民党的围追堵截和草地恶劣的自然环境，而且还来自红军内部的分歧和混乱。然而，这条灰色巨龙最终用意志、信念和双脚在长征路上战胜难以想象的困难，越过闻名于世的"死亡地带"，演绎了震惊世界的英雄传奇。

1935年9月1日中午，在班佑寨干牛粪屋里睡了一夜的毛泽东，迈着坚实的步子，从巴西邓军寨后的锡水沟走进巴西地区，望着附近一片片金黄色粮田，眼前顿时一片光明。他重重地呼出了一口气，仰天长叹：“天无绝人之路啊。”他当即决定将几万将士分散待命，展开筹粮。那时，巴西的田边地头放置了银币，放置了红军通用的苏维埃纸币，百姓纷纷返乡倾尽所有，用粮食用牦牛用民心支撑红军三大主力胜利北上。如果没有当地当时成熟的青稞、豌豆做保障，红军完全可能像蒋介石断言的那样：“走向死亡”；如果没有这方水土民风古朴的百姓接济这支来自南方走进高原的队伍，就没有今天威武之师的生身之父！

人们常用“草地是红军长征经过的地方”这句似显平常的话语，来说明红军过草地与中国革命的非凡关系，其丰富而厚重的含义便是困境里的中国对未来正确走向的寻找，是华夏胸中的韬略，是转折与磨难、生存与死亡的抉择。

这就是长征。

长征，对我们这一代人来说，是信念，是地火。我曾经以为这场发生在70年前惨烈的举世闻名的壮举已经远去。走在长征路上，感受着刘大梅们的痛惜和无悔，我激动不已。我突然发现，长征一直埋在我们即将老去的知青一代的心底里。苦难、困顿、热血、泪水、生命、智慧、忠诚和坚韧一直就燃烧着我们，于是“万水千山只等闲”便成了我们的信念，一直潜行在我们心里，一直是我们成长的精神源头之一，一直活在我们一代人的记忆里。

重走长征路，不是一般意义的游山玩水，来不得“形式”

与轻佻。重走长征路，是重拾记忆，张扬精神；更是追问、审视和重塑。或许，这也是一种中国叙事。

那片草地上的永不凋谢的鲜花这样告诉我。

原载《文艺报》2006年7月25日

阿里山的感伤

从高雄的鼓山下来，是中午。潘先生问我："大陆那边喜欢吃冰花吗？"我说："还好，有好多台商开的冰店。"潘先生请我们来到台湾中山大学附近的"海之冰"冰花店吃水果冰。据说这家冰花店在高雄很有名，除了它的水果冰好吃，还因为店内满墙的青春的涂鸦，这是来此吃冰的大学生们留下的。店老板初始十分恼怒，天天被迫粉刷，后来，老板读了一些涂鸦也自觉可乐，便干脆留了下来。日子长了，越来越多，便成了一种风景。

我边吃着冰花，边观赏学生的"杰作"。突然，电话响了，妻子从家里打来电话，急匆匆地问我正在何处。我说在高雄吃冰花。妻说，刚才把她吓死了。我说，怎么了？她说，你们不知道阿里山刚刚出事吗？火车翻车死伤百余人。妻以为我们今天上阿里山。其实，上山是明天的行程。如今信息时代，不到半小时，宝岛这边的消息已在海峡两岸打了个来回。我们的惊讶惊动了邻座，邻座吃冰者迅速打开电脑，一条消息跳了出来："一列载了300多名游客的阿里山小火车，中午十二点十五分从神木站开出两分多钟后，后面两节车厢遭边坡一棵青刚栎掉落的树干打中，列车后面四个车厢翻覆，造成5名大陆观光客死亡、107名大陆游客及本地导游轻重伤。"

突如其来的坏消息动摇了我们某个同行上山的兴致。潘先生说："没有事啦，来一趟这边不容易，阿里山还是应该上的。"

第二天一早，我们乘中巴上山。沿途只见救护车、警车穿梭而过，无疑，"4·27"事故的救援工作还在有序进行。从嘉义不断盘旋而上，我看到了热带到副热带、温带、寒带不同植物的奇观。随着海拔不断地升高，林越来越密，一山又一山的林木茂密笔直，蔚为壮观。一个多小时的行程，车至高山密林处，我们下车，林中到处停放着电视直播车，记者们紧张而忙碌着。潘先生对我说，翻车事故足够成为岛上各家媒体至少十天的新闻热点。

在潘先生带领下，我们踏上木板铺设的森林栈道。因为昨天的事故，马英九当即下令停开小火车，阿里山一时少了许多游人，我们好像独占了满山的安静。

栈道在绿色中划出一条木色的粗线，弯弯曲曲，时隐时现，偶有几点人影缀在上面，张嘴动舌的，声音却让草木吸收，寂静更甚。走着，栈道一侧忽然流水跌宕，水清湍急，冲击满溪乱石，激起水花，在石间横来直走，让人站在一边发呆，听它喧哗。林中有很多叫不出名的花草。马蹄莲我是认识的，妻子买来插在花瓶里，当地人称它为海芋花，一朵朵白白的开得高贵。波斯菊我也是认识的，粉红粉白，热热闹闹。还有杜鹃以及林林总总的，多是我没见过的草木。阿里山的灵气凸现于树的苍翠、高大和生机盎然。这高山陌生的、童话般的彼岸之美，深刻地吸引了我。

到阿里山，看不到“美如水”的姑娘，也看不到“壮如山”的少年，观奇树，听鸟语，闻花香，在林中沐浴舒爽的空气，才是真正的含义。海拔1500~1800米是云雾区，相对湿度大，适宜树木长成大材。我看到阿里山树木品种以红桧、台湾铁松、华山松、云松、青刚栎树最多。原先报道砸中小火车车厢的林木为青刚栎，后经专家认定为台湾特有的森氏栎，闽南语俗称“九木坚仔”，它是一种质地坚硬的乔木。

最令我兴奋的，是一棵棵从时间深处走出来向四面八方伸展枝丫的古树，亭亭若张翠伞，重重若拂云霞，在初夏阳光下闪烁绿色的光芒。慢慢走近，一种威严的磅礴气势扑面而来，当地人把这些古树称为“神木”。据说原来有一棵红桧“神木”，1904年发现时，树高达57米，直径6.5米，树龄3100年，需要16个人才能环抱，这棵树的材积竟有504立方米，堪称“亚洲树王”。可惜，它在1997年夏天不幸倒下。如今，又有一棵“神木”屹立在阿里山上，这棵红桧树高45米，树围12.3米，我们10个男子汉伸长双臂都不能合抱，其树龄有2300年，人们称它为“阿里山神木”。

它与蓝天白云共舞，与日月星辰相守，时至今日还顶天立地，没有哪种树比它更有生命力了。我站在神木跟前，抚摸着树干，浓浓的树香扑面而来。

在一棵长得酷似桂林象鼻山的三代木前，我除了震撼还是震撼。三代木指的不是树种，而是三代树都生长在一根大树上。第一代木树干呈黑色，倒伏于地。标识牌注明这棵枯死的古树至今有1500年。令人称奇的是在它身上长出第二代木，在第二代木上，又长出生机盎然的第三代木。也就是说，这棵树，曾经活着，而且依然活着。它是一个整体，一棵枯树在底座，上面的是它的儿孙，它的儿孙拖儿带女，一棵棵蓬勃向上，直冲云霄。它根扎在大山深处，身上完整地携带着它活着的每一个年代的信息。我仰视它们，只是感叹自己的渺小和卑微。一千多年，多少帝王将相，都变成了黄土，羽化成虚无，唯有这些林木还实实在在地活着，闲看白云苍狗，斗转星移，风霜雨雪。

可不是吗？潘先生指着林中一个个被砍伐的大树桩，有的如脸盆般大，更多的比圆桌大，还有更大的，举目可见。我问这些古树是谁砍伐的？潘先生愤愤地说，是侵略者。

甲午战争后，日本占领台湾整整50年。在长达半个世纪里，侵略者的胃口越来越大，他们对宝岛资源进行大肆掠夺，其中就包括阿里山众多的古树。潘先生说，侵略者在此砍伐的木材有400多万立方米，整个阿里山的红桧几乎被砍尽伐绝。原先有30多万株，树龄在数百年至两三千年的红桧，现在只剩下百余株。这些宝贵的木材被运到日本用于建皇宫、城楼、豪宅，甚至建造靖国神社，供奉战犯。

侵略者知道树是有生命的、有灵气的。他们造了孽，却又心虚，为了表示所谓的“忏悔”，他们在林中建了一座“树灵塔”。游客到此都忍不住来上一声咒骂。屈辱也好，愤恨也罢，因为被压缩在一个个树桩展现的范围之内，受到这样心情的影响，人们缄默的双唇，释放出了言语的力量。请原谅他们在看到宝岛资源受掠夺时无法克制的情绪。侵略者也许不知道，“树灵塔”正是他们留下的侵华罪证。令人玩味的是，“树灵塔”的说明用了中文和英文，也用了日文。我相信，在日本政府不断否认其曾经犯下的滔天罪行并污蔑中国时，这些沉默的物证正还原了那段黑暗的时光，到此的并存有良知的日本人，可能会在这些树桩面前先僵直脊背，再鞠躬道歉。

我怀念这些树。阿里山被掠夺前，林木茂密，鸟儿繁音。那时的路很少，铁路也没有出现。林中小路，大多是过着游猎生活的原住民开辟出来的。为了运送更多的木材，日本人强迫民夫，从海拔只有 30 米的嘉义起，修建了 72 千米的森林铁路到海拔 2700 多米高的阿里山林区。那时，山上的伐木声取代了鸟鸣，炊烟遮蔽了云朵，每天汽笛声过的是开向山外的运材火车。为了查阅这段历史，我专门来到台北的诚品书店，买了本《台湾铁道文化志》，上面这样记载：“阿里山森林铁路早期是日本人以林业开发为目的而兴建，是以运送林木为其主要的运输任务，不过后来在运行有余力的范围之内，开始兼办客运的业务。竹崎至山上的林场线，1926 年往眠月的路线开始载客，而经儿玉到新高口段，也在昭和初期开办客运。”因为台湾大多数的铁道都建于日据时代，所以免不了有很浓厚的日式风格。然而阿里山森林铁路在兴建之初，广泛地参考美国的森林铁道，因此整体的风貌颇有美式的特色，特别是向美国利马机车厂购入的18吨及28吨级直立汽缸、伞形齿轮蒸汽火车，着实让阿里山铁路成为相当特殊的铁道。此外，一进一退的“之”字形路段与螺线爬坡段，也是这条登山铁道的迷人之处。阿里山铁路曲折艰险，与印度大吉岭铁路、奥地利萨马林铁路并列为世界三大登山铁路，并同时存于今天。

如今，阿里山森林铁道用于高山森林观光，“4·27”事故小火车就侧翻在这条铁道上。我们沿着栈道行至神木火车站附近出事地点，看见小火车还翻卧在路边，一片狼藉，现场已被警戒。阳光下，还有哭泣的暗影，我静默地伫立，心里满是感伤。

我不愿意用爱与恨来评价森林铁道用于今天观光，同样，我也不会因为这“历史的不自觉的工具”将小火车看成阿里山观光的亮色，而对侵略者的掠夺行为涂抹哪怕最微末的颜色。无论时间如何冲刷，都无法洗去日本侵略者屠刀上的血色，无法驱散历史的阴霾，更无法浸润我心底的感伤。

原载《羊城晚报》2011年5月26日

鹰飞马雄山

三月，阳光照在位于云南沾益以北 50 公里的马雄山森林之上。在光影之中，我看见几抹墨色缠绕着苍翠的树木，盘旋又盘旋。鹰，好些年没有看见鹰了。有鹰飞翔，一切都是那么宁静。马雄山此刻像一幅色彩凝重的油画。宁静，悠远还高迈。

珠江源就在这样的天空下。我努力想找到一股奔涌的泉水，好与我熟悉的滔滔珠江相应。而眼前只见山脚的洞口有水哗哗流淌，一出山就化作洞前绿树红花环生的一泓清流，凉凉的水气扑面而来，如此静谧无声，我不曾预料湍急的珠江源头竟是这样从容，这样清秀。

我是带着一种庄严、神圣和感恩的心情来马雄山的。今天，我们当然已经知道，珠江正源就位于马雄山东麓出水口。这个结论，来自1985年水利部珠江水利委员会组织多方专家考证勘测的结果。在标注着“珠江源”三个红漆字的洞口前面，几乎每个人都会在脑子里浮出一幅地理挂图，云南、贵州、广东、广西，以及珠江水系的弯曲线条。是的，珠江源绝不只是一处单纯的风景，如果不把目光延伸到遥远的珠江三角洲，延伸到整个珠江流域的自然和人文发展，那么看与不看，又有什么关系？其中诱惑，正如洞口边《珠江源碑记》所说：“珠流南国，得天独厚，沃水千里，源出马雄。”“地当黔蜀之冲，山接乌蒙之险。”“滴水分三江，一脉隔双盘。”“河水充盈，物产丰饶，土工昌盛，旅茂繁荣，江水恒流，世民泽被。”……

马雄山出水之妙，就在于“滴水分三江，一脉隔双盘”。三江同源，说的是南盘江、北盘江和牛栏江，在山顶极目远眺，大片云影之下，更可以把几条江之间的逻辑关系梳理得明明白白。

牛栏江是奔长江而去的，南北盘江就流得有点淘气。这两条江离开母体后，一条向南，一条向北，各自绕了个大圈子，最终，又在贵州的蔗香街缠绕合成一体，正式成为广西红水河的开始。红水河一泻千里，先后成为黔江、浔江、西江和珠江，最后分十道支流汇入太平洋蔚蓝的宽宽怀抱。

我家住在珠江的上游，我守着这条大江而生活。江从城中过，两岸绿树苍郁，花开成片，空气清新。无论是朝霞东出，还是夕阳西下，江水在色彩中显得丰富而阔朗。我常常沉入这样的色彩氛围中，体验这份愉悦。但人与江河的关系不会只是存在于感动之中，更多的时候，是一种世俗的琐碎和庸常生活的依存关系。珠江，年复一年，日复一日，穿流我们的胃肠，亲吻我们的肌肤，我们一天都不能离开这条江河。城里的人依赖江水而生存，依赖江水沟通外面的世界。在没有铁路和高速公路的年代，我就曾经坐着船顺流而下第一次到广州。走了许多地方，总为有了珠江而骄傲。

飞鹰掠过林木，径往林子里去了，我也在林中穿行。芳草溢香，异树飞英，湍流鸣瀑，霞光从林隙洒下斑驳的光点，一切显得欣欣向荣。这一切都保持了原始生存状态，在许多无名草、杜鹃花和杂树乱生的大山里，地面是潮湿的，泥土黑坳，幽荫里厚厚的苔藓冒着露珠般的水滴。此时，世界安静得已不复存在。随便走上一段，路边就会有一处从高处泻下的山泉。那些潺潺的流水，漂浮着树上的落叶。我想这一股股源泉流下山谷就会汇成溪流，水流到哪里，生命就延伸到哪里。山上有树，山下才有水，有水就有一切。人在马雄山，你就会看到水是一种从高往低的生命历程，她创造了一种前仆后继又给人一种天长地久的景致。此刻我面对着这一片墨绿的森森、悠悠苍翠的林海，面对着世世代代守护着这片绿色的人们，心中多了一种崇敬。就好像身边的云雾像轻柔的飘带不时透过绿色的森林蒸腾而起，景色变化无穷。泥土、秋叶已化为一种无所不在的气韵。静谧的森林中，充满着勃勃生机，涌动着无穷的活力。一片深深的苍茫里，体现着一种不凡的从容。我自然而强烈地感受到一种精神的力量，想起了马雄山下“五尺道”穿行的马帮，徐霞客纤弱而坚韧的背影；想起了红土的阳光、铜鼓的质感、芦笙的舞姿、木棉的浓酽、荔枝的飘香；想起了源源不断、一衣带水、血脉相连的亲情；想起一切可能想到的生物的起源……

眼前这山、这森林、这洞泉水居然成就了珠江的千古流芳，人世的万种传奇。

一阵沉沉的钟声打破了马雄山的寂静，那是隐现在树林中的珠源禅院的钟声。此时，已是暮鸟归林的时刻，耳旁盈满了鸟的鸣叫，就像上百双手同时弹拨着那众多的琴弦，森林的叶子簌簌作响，飞来飞去的鹰就像珠江两岸穿梭的人群。

这林是万物的乐土。

林中的马雄山，流出珠江流域。

原载《羊城晚报》2007年4月24日

聊城水韵

在前往聊城的路上，山东作家协会的陈文东兄对我说，聊城是一座秀美的生态水城。黄河、京杭大运河、马颊河、徒骇河纵横全境。城中的东昌湖很大，但并非天然湖泊。未想到，位于冀、鲁、豫三省交界的聊城与水有着如此丰富的水源。到达聊城时，已华灯初上。我是一个爱水的人，听说东昌湖就在下榻酒店的附近，放下行李，匆匆吃上点饭，便迫不及待地寻湖而去。

出门不到十分钟，一片水域不期然间展现眼前。

夜幕降临，一种朦胧而模糊的自然意象悄然而至。此时的东昌湖被自然意象强化了一种神秘色彩。远远看去，一湖波涛，撞击湖岸，对岸彩灯的光亮从水中反射，闪烁着梦幻似的波澜。微风吹来，阵阵清凉。三三两两的青年情侣树下依偎低语，一些老者悠然平静地坐在一隅自我陶醉。

我也找到了一块岸石，端坐下来，面对夜湖，天水一色，辽阔舒展。此时夜里，虽视野所及不足，却还那么惬意。那涟漪似细语正编织着一种幻境，使人遐想无限，我迷失在东昌湖的朦胧的夜里，我凝神聆听着水的言说。一座城市与水为伴，是件多么幸运的事。

方才在席间，听聊城朋友说，聊城古称东昌府，旧城只有一平方公里，东昌古城建城时，把城外的土用于修筑城墙，城外的壕沟变成了护城河。1000 年来，护城河引黄河水为源，“逐代而阔”便成了湖。天时地利，又得京杭大运河穿湖而过，便把东昌城与河湖连成了一片。20 多年前，修建京九铁路过聊城，又从湖边取走大量土方，使得东昌湖水面积再次而阔。如今，聊城得意之处便是城中有水，水中有城，城水一体，桥城勾连，交相辉映，诗意般地展现别致的水韵脉动。外地游客们无不神往这个京杭大运河边上的“诗的栖居”，每天前来聊城旅游的人络绎不绝，一个原本并不怎么热闹的地方，竟然因水而一天比一天热闹起来了。

东边的天亮得早，我们来到了东昌湖。

仿佛一切转眼之间变得更有深度，我俨然由昨夜的意象诗人蓦然间变成了今日的叙事抒情诗人。面对一池清流，我得抓紧时间，争取用半天的时间去完成聊城的一日游。其实，我知道，在半天的时间里，对于东昌府，对于众多聊城历史文化遗迹，如运河博物馆、运河钞关、光岳楼、山陕会馆，都可能是走马观花、浮光掠影，一眼带过。唯独，这湖河相接的水域，一个凝着诗的湖，一个透着禅意的湖，翻开史册，东昌湖曾在历史的画卷里灵秀过多少回，我不由地沿着岁月的年轮回望着、谛听着……

乘坐游艇，悠悠然走进这片独具特色的水画卷之中，草树的清香和湖水的阴凉在空气中交杂，令我沉醉不已。东昌湖没有太湖般烟波浩渺的水面，也没有千岛湖那般壮美雄奇的山峦，比起这些气势逼人的开山阔水，静谧安逸则成了她最好的形容。在这如画的水面上穿行，曲曲折折的水道好比那悠长悠长的巷子，沿着水道一路前行，我想，这波澜不惊的湖面下，深藏的许多故事、传说，扑朔迷离，定会多如繁星，正等待着我走进这富绰的精神家园。我相信，水会告诉我的。轻声漫步航行，我仿佛能触摸施耐庵书写《水浒传》的身影，探寻兰陵笑笑生《金瓶梅》展露明代中叶社会的浮世绘，进入蒲松龄《聊斋志异》描绘的鬼狐世界。恍惚中，我似乎在那水波拥抱的四方之城的严谨、匀称、古朴的街巷的某一家院落里，看到了这些文学界的老祖宗们正在深入生活，搜集素材，伏案写作的身影。看着水汪汪长长而来，又长长而去，那些故事还在，他们的背影还在，并深入了我们的心里。那么美好的地方，难怪康熙、乾隆皇帝下江南或东巡，多次跸之宝地，登上岳光楼，留下感叹若干，或许都是得益于东昌活水的养润吧。

我以为，水当然更是浸润人的思想深度。没有水的包容、水的智慧、水的清洁、水的担当的胸襟，聊城不可能出现像孙膑、岳飞、傅以渐、张自忠、范筑先、傅斯年、季羡林、李苦祥等彪炳史册的人杰。

聊城朋友自豪地笑道，聊城一脚踩下去就有一个故事。此话不假，当我一脚踏上城央的光岳楼，一时便觉紫气东来，贯通全身。登楼腑察八面，碧波荡漾，便为古人高超的建筑技艺所折服。四层主楼筑于高台之上，全为木结构，方形带廊，木柱斗拱，交叉迭搁，力学与美学完美结合，展示着古人杰出的创造力。其聪明的智慧，大胆的设计，超人的理念，科学的建造，让光岳楼、黄鹤楼、岳阳楼并称为“中国三大名楼”，被誉为“中国古建筑的奇迹”。正如楼内楹联所述：“泰山东峙，黄河西临，岳色涛色，凭栏把酒无限好；从台射书，微分明志，人杰地灵，登楼怀古有余馨。”透过这副楹联，我们便可将这座古老建筑同当地的历史、文化、人物联系起来，思承古今，神游八极，进入物我两忘的意境。如果说，水是聊城的经典，那么，之前所述的那些人杰，便是集水韵、神韵于一体的精魂。于是，我又想到孔圣人当年跋山涉水一个国家一个国家传道，一路被逐一路前行，孔子何其沉重，却不露沉重，有其悲哀，而不露悲哀。如此“水”一般的境界，在前路不断显现，不断完成，永无止境。这不断完善自我的过程，便使这些人杰得到孔圣人“水”一般的浸润，光耀着聊城。

位于运河西岸的山陕会馆便是清代聊城商业繁荣的见证。山陕人善贾，结商帮，建会馆，似乎都顺理成章，但他们的慧根让他们选中这营商宝地，背靠东昌府，出门便是河，船队顺河南下，抵达宁波，便走上了海上丝路，来回满载的便是一船船欢声笑语，汇入满城的悠悠水韵，水流致韵，让人心柔软。留下一座不朽的建筑，不难看出，聊城的水孕育巨大的财富，蕴藏着无限的潜能；这种地方，谁不想来呢？

水韵悠悠情长长。聊城一代代先民无论如何也不会想到，他们这一筑城，给后世子孙留下了辽阔的水域。如今的聊城，不仅天生丽质、玲珑婉约，而且内涵深蕴，经得起历史与现实的品味。

可不是吗？当我们穿湖过巷时，环视四周，所有人的表情，没有一个面孔是不快的、严肃的甚至是沮丧的，而都是快乐的、充盈着幸福感的！我确信，因为水，聊城与人们的生命相通，便有了更多的情感认同。而于聊城千年的水韵，我只用半天的时光，何以淘尽？

原载《时代文学》2015 年第 10 期

秋日散步净月潭

美国作家梭罗写出闻名于世的《瓦尔登湖》，源于他对自然的心灵感应,因而“瓦尔登湖”也成了“自然美”的代言词。梭罗对大自然的臣服令他对散步产生独到的感悟。梭罗的散步以大地为背景，大地是梭罗的天然圣地。他说“散步，无疑是直向田野和森林”，“人，是自然的居民，而不是社会的一员,耐人寻味的是,真正到达圣地的,却往往是漫步者”,他认为散步和漫步是一种超凡脱俗的心灵活动。

秋日，我到了净月潭。这个让长春人引以为豪的地方，是一个散步和漫步的绝佳去处。

总以为秋之北国定是秋高气爽，满目潇瑟，却未想到此时的净月潭，依然葱茏蓊郁，翠色不凋。那天，天正下着小雨。秋天的风从树林里穿梭而来，印象中，秋天的风应是干燥的，它要使一些事物在它的吹拂下变轻，然后，带着它们离去。可那时的风，潮湿，饱满，所到之处都弥漫着湿润的水气。细细的雨织着雾，柔柔的雾化作雨，缭缭绕绕在树林间游走，润腴着我们的肌肤。

我问当地的朋友是不是因为今年的雨水很多的原因，他说，是因为长春的气候介于东部山地湿润与西部平原半干旱区之间的过渡带，属温带大陆性半湿润季风气候的缘故，并不像人们想象中的寒冷与干燥。

我想这样的气候使净月潭生成了沿水边数十里的风景，环绕山间。一池潭水平缓开阔，岸上的山体生长各种温带、寒带作物，将山色裹得浓浓的，连杂草野花也极富生命力。山路弯弯与潭水相映，越往纵深，就越有一种悠远的意蕴，幽深静寂。

人是恋水的动物，永远都是。我打着雨伞，穿过一片红松林，一路领着不同形状不同颜色的蘑菇，慢慢走向水边。在清澈的水里，水草、石头、小鱼清晰可见。鱼是自由的、自在的，游来游去。人与自然的关系，在水中得到了最接近、最和谐的体现。清澈的水带来的是美丽，是快乐，是安全，这道理并不是每一个中国人都明了，因为这清澈的水来自满山的树，满山的林。茂密的树林掩隐着山的沟壑，偶尔有鸟儿从林中飞出，簌簌地划着水面而去，牵出淡淡的迷蒙。

从净月潭的名字来看，也许这里的秋色美景当在夜晚。月儿升起，如果划上一条小船在水上漫游，那是最惬意不过的了。整个夜空上，恍若铺开了凝滞不飞的白霜，悠然如梦。夜鸟投林的啼鸣把水面拉得修长，山风幽凉，抚摸着岸树也抚摸着游者的心思。如果把小船泊在潭中，人就同月一道泊在了水面。秋月高朗，潭水依旧清白、清明、清净，依然以天然轻漾的卧姿仰望柔情似水的明月，这潭水曾将千万轮圆月抱入怀中，还有谁比她更宽容，更美丽呢?

不知道为什么，我又想到那些从山林、从水面飞过的鸟。是的，此时的鸟，它们的身体小巧玲珑，它们的羽毛洁白无瑕；它们没有喧哗，它们很文静，似乎带着一种书卷气息。这样的鸟毫无疑问，自然也是自由与安宁的。

这样的纯净和安宁不仅属于鱼、属于鸟，不仅属于长春的居民，也属于长春这座城市。长春人偏爱净月潭，每逢闲暇之日，在家中坐闷了，便邀亲友，到此休闲一天半日，观山，亲水，听鸟语，乐也陶陶。

我徐徐穿行于绿云覆郁的幽幽山径，沐晨岚，赏秋凉，使自己融于林里水间，与自然悠悠心会。净月潭散步使我享受到大自然的快乐。“步行所带来的悠闲、自由与独立，不是任何财富买得到……房屋，关不住我，脚不出门踩踩泥土，我不会快乐。”梭罗这样说。散步的快乐，如原野辽阔，如山道上的风景，层出不穷，处处新颖。他还说：“一个新景观便是一个新的心情，每一个午后，我都找得到这样的乐趣。你所看到的任何景物，都显现出某种和谐。”这是人的心灵与自然馈赠的和谐。这种和谐，既包括环境洁净、山川静美，也包括各种动植物受到应有的保护和关爱，依照大自然赋予的权利，获得不受威胁的、合乎其生命本性的生存状态。

在高度发达的工业文明的背景下，人们重新将注意力集中到自然和人的关系的审视上来，重新拾捡起“返回自然”这一古老而浪漫的口号，这也许是在经历人与自然分离，人被折磨得伤痕累累后的反省。我很羡慕长春人得益于净月潭。据说，这潭原先也只是那么一掬清流，于深涧里跌落，于山沟里蛇行，柔弱而去。20世纪30年代，长春人在山间横出一坝，阻流成潭。为了不使潭水干涸，又种植了近百平方公里的“亚洲第一大人工水源林”。70多年来林木从未遭受过人为侵害，使这潭清水暴雨不涨，大旱不枯，因此，为长春葆有一块绿萌秀色，抚慰和恩泽众生。由此可见，人怎样对待自然，自然就会怎样对待人。如果人们一天天地破坏自然，就只能一天天丧失快乐，丧失安全。而今天，人们都已逐步知道丧失安全是最恐怖的、最荒谬的事情。

我曾经在文摘报上摘下一则文字，说美国曼哈顿街上每一棵年龄在40岁的树，每年让曼哈顿人肺脏少吸入污染物542.67克，粗粗算来，纽约城中的树，每年至少可减少143吨污染物进入人体内。大爱总若虚，即使你无法看见，森林总是无私地给人们提供氧气、负离子和其他养分，弥漫于每一寸空间，清洗着每一个人的肺腑，呵护着每一个人的生存。

散步于净月潭，我感到了心灵的释然。我便明白了为什么长春城区空气环境质量优良每年达345天以上。长春人，有福！

原载《作家话长春》2009年1月版

亲近德天

新千年伊始，去德天瀑布对于我来说只是一个愿望。这源于我的那位素爱旅游和摄影的广州友人毕志彰给我欣赏他在德天瀑布拍摄的几张照片，并称之为继美国与加拿大的尼亚加拉瀑布之后的第二大跨国瀑布。德天瀑布在哪里？毕先生说就在你们大新县西南部的中越边境上。过去边境长期不宁，地雷遍布，百姓游人无法接近，如今两国邦交正常，雷已扫尽，和平还原了边关风情。

于是，缘于毕先生的照片和诚挚的委托，我邀请雷达、肖复兴、赵丽宏等十多位当下在散文界影响较大的朋友前往。

人们对于美好事物的憧憬与向往心情是一致的。其实，德天瀑布离南宁并不遥远，只有200多公里的路途，多是层峦叠嶂、怪石嶙峋的喀斯特地貌，有河谷溪涧、蓝天碧水、绿岛行云；有鸟语花香、古树葱茏；有祖辈繁衍生息的壮、苗边民祥和安宁的田园。这里有别于桂林，更多是南中国亚热带绮丽的景色和独具异国情调的风俗。眼前已没有军旅扬起的尘烟滚动，那连接烽火的道路痕迹也无可寻觅，但残断的城堡墙基，使人想象得出当年的尖锐与浮躁。但这一切，已被安宁的宽厚的绿色所淹没。

我们是在冬天来到德天的，但春天的微笑已从归春河的那一头流淌出来了。汽车在山腰上的几座极幽静、整洁并充满诗意的小别墅前停下，离瀑布只有几百米之遥，这就是毕先生建造的“德天山庄”。

不知是谁走出了汽车，立马指着瀑布惊呼起来：“你们看那瀑布，太美了！”

暖烘烘的太阳映在归春河上，映着我们这些在南国边关最早踏春的人们。

归春河发源于广西的靖西新圩乡布头屯，全长150多公里，向越南流去，几经迂回又从越南流回我国大新县的德天屯。遥看瀑区山高谷深，河水从嶙峋秀丽的山崖跌下，温柔的涛声闹酥了两岸的百花。瀑布撞击河谷里升腾的水雾，汇成一层层轻柔的云絮，像是来自天宫的琼浆玉液，诗一般地飘飘洒洒，落在两岸的花草树木下。归春河水清得出奇，伸到河上的古树老藤，还有枝叶间的鸟巢蜂窝，在水里映照得清清透透，河那边的越南柳树竹林被它的滋润而泛青变绿，河这边的中国木棉、杜鹃因它沐浴而绽红吐紫，两岸的景色倒映在归春河上，归春河就像一条花的河在缓缓地流动。

太美了，这是一种梦幻般的不平常的美丽，其色彩与风韵是不能用秀丽或奇妙予以概括的。

我们每一个人虽觉旅途疲困但却兴奋不已，每一个人都在面对着飞瀑的房间里，打开落在窗品茗观瀑，聆听涛声。

我看着这里人迹罕至的边境，墨绿的树在峰顶摇曳，安详的彩色鸟在峡谷中飞翔，德天瀑布除了自己滔滔不绝的气韵，它那横跨于中越边境的气度，还有异国山坡上不知名的花草和哨屯，增强了这组风景的神秘色彩，有如浓重的黏稠的油彩，为我今天的回忆勾勒优美的画幅。

吃过午饭，毕先生挎上高级相机，领着我们徒步走向崖头。

走到下面，落差50多米，宽200米的瀑布仿佛从天而降，滚滚而泻，泻溢折腾，折而复聚，连落三叠，错落有致，犹如白纱高悬，又似素绢轻飘，瀑声似雨，悠扬悦耳。我们站在瀑布前的竹排上，阵阵凉意，沁人心魄。此时此刻，神思悠然，天人合一，乐在其中，趣在其中。

我问赵丽宏："感觉如何？"

"不虚此行。我涉猎过许多瀑布，这是少见的奇景了。"赵丽宏从整体评述的这一观念，令我惊诧，再一思索，就觉得很自然了，因为他是用心去感受这一瀑布的。

我们将竹排划向岸边，拾级而上，登上了崖头的瀑级，遮天盖日的一棵棵古榕和龙眼树边上有着许许多多曲曲折折的水路。沿着梯级瀑滩，朋友们一边戏水，一路赞叹，一派轻松，登上了水与树共存的崖顶。

又是一片流水悠柔，草滩似绸的怡人景致。中越边境的

53号界碑，就立在瀑布顶部的石丛中，黑石的界碑经多年风雨剥蚀，但“中国广西界”的五字刻纹，仍工整有力，清晰可见。界碑的周围，中越边民友好相处，自发地形成了一个小小的边贸购物点，那里有诸如法国或越南出产的香水、凉茶、咖啡、椰子糖、糕点等，人们或在界碑前照相留影，或自由地选购异国的商品。

我又问雷达：“感觉如何？”

雷达说：“是一个内容非常丰富的瀑布。”

赵丽宏又补充了他刚才没有说完的话：“这个瀑布可登林密水碧的崖顶，十分幽美，让人亲近。”

肖复兴说：“对极了。”赵丽宏还说：“黄果树瀑布高峻雄奇，却不可亲近，人们在观赏它的时候，只能远远地观看，然后穿过水帘洞就完成了旅游，更不可能登上瀑布的顶部看清庐山真面目了。”

德天瀑布在作家的眼里，在这些侧重于思辨的目光中，又怎样不出现生动而精当的感受呢？

难怪肖复兴发出感慨，自然天成的美丽的景观可以让人们亲近和参与，自然美一旦被人为破坏，其后果只能让人们远离。因此，他与所有到此地的作家们庄重地向当地政府呼吁，要实施“保护性开发”，让德天瀑布永远幽美，让人们与它永远亲近。

事物的特色，也许就是从他们的目光中开始塑造的。我和他们一样，静静地亲近着这别具特色的德天瀑布。

原载《光明日报》2000年4月7日

家乡的记忆

一

一个生命与一块土地的相逢，大概是命定的缘分，如今要用词语将这块土地从内心唤出，的确是一件既令人兴奋，又倍感艰难的事情。

灵山仿佛是神美的梦，在无数次暗夜中。烟雨中的小城老巷幽幽，斑驳着时光印染的痕迹。踩着青石板的足音嗒嗒地响。恍惚间，熟悉的背影出现在温润的小巷，过去的一幕幕亦真亦幻地袭来。这是县城灵城。古人说灵城，“北障龙池，南列虎蒡，东蟠罗阳，西耸六石，环秀鸣珂绕前”。所谓“六石”，即六峰山一脉，包括恩胜岩、三海岩和穿镜岩等江北一带的喀斯特山体。鸣珂江和环秀江在这些郁葱的山前交汇自东向西流去，形成了钦江的上游。鸣珂江不宽，水流轻缓。夕阳渐沉，暮色下波光粼粼，江水清澈宛如丝绸一般。和许多大都市相比，灵城少了许多堂皇、灿烂，多了一点平稳、朴实。在这里，许多熟悉的，或古老或现代的建筑让人心生温暖，那些现在可能已经看不到的，大门带有一种叫“拖笼”的宅第，曲径通幽，古老的建筑，青灰色的墙，隐藏在绿树浓荫之中。20世纪六七十年代，城中许多街道还保留着光滑的青石板路面。那时候我们还没有什么好鞋，只有一双用汽车轮胎橡胶做成的“海陆空”，名曰“凉鞋”。穿在脚上并不舒适，我就索性光着脚板，穿行于冰凉的街巷。学校里要好的同学中有家住深宅院子的，我们常常跟随他回家。跨入青石条的门槛，走进老式的天井，看见阳桃、番桃，还有熟了的黄皮果在树上挂着，真是令我们垂涎欲滴。看他家厅堂那些雕龙刻凤的门窗，总有一种高贵而神秘的感觉，连同三街五巷的街坊邻里说的多为仄声的灵山白话透着一种异样的厚重。小时候就听说，灵城原来有城墙和城门的，东门叫朝阳门，南门叫镇南门，西门叫镇远门，北门称拱北门。最初的城郭始建于明朝正统年间，后几经扩城改门，到了清代嘉庆年间，改南门叫文明门，就是后来的大南门，边上又开了个小南门。于是城内便有了县前街、灰沙街、书院街、高墩街等街道。后来在城外开了复兴路、镇北街、竹行街等等，城西低洼处又有了凤凰街、草鞋街。可以想象，灵城简直就是从岭南乡野中抽象出来的一个山、水、城的轮廓，构成一幅浑然的图景，在云雾与轻风之中，柔美，空灵。可惜，好端端的古城到了抗战时期遭到日本飞机的轰炸，为了方便城内的百姓撤退，县府被迫拆除了城墙。要不然，这些城墙和城门留到今日，一定成为人们旅游必去的地方了。

二

过去我们逛街，解放路、镇北街和谷行街是不二之选，圩日这几条街道更是人声鼎沸。每逢六、七月天，通街荔红，这是因为灵山盛产荔枝，黑叶荔、桂味、糯米糍等荔枝香飘中外。这可不是吹的，那时不像今天处处都是盗版的“灵山荔枝”，我曾经在灵山罐头厂担任过质检员，工厂生产的黑叶荔和香荔罐头行销欧美，是广西食品出口的重要品牌；晚秋时节，满城橘黄，这是因为陆屋新光农场等地出品的柑橙细腻无渣，质地一流，入口清甜，润心入肺，实在让这里的百姓大有口福。有人说灵山街的民居款式虽然显得老旧，那是这种特具南洋风格的骑楼，把一间间店铺整齐地排在老街的两边。给我印象至深的是镇北街和谷行街，那些斑驳的墙体和拱券上依稀透出“仁泰”“恒昌泰”“文强”等商铺号，它们历经风吹日晒而古貌犹存，无声地诉说着时光的涌动。据说民国初年，灵山商业发达的时期，各式各样的客栈、商店、银号、作坊、药铺、书店分布其间。每到夜晚，茶室的荷叶灯，剧社、酒馆、商号的煤油气灯，把小城照得白亮如昼。兴盛的小城让三教九流蜂拥而来，以戏曲、采茶为代表的俚俗文化在灵城粉墨登场。至今，我仍不时饶有兴致地翻阅有关灵山的史料，仅1908年至1931年，灵山就有兆丰年、金山凤、乐利家、狂流、上乾坤、珠江幻影等28个戏班和剧社。草鞋街上一家叫悦笙的音乐剧社所上演多为折子戏，像《断桥会》《拾玉镯》《抢伞》等剧目轮番演出，竟场场爆满。艺人们独具魅力的声腔旋律，抑扬顿挫，婉转悠扬，如泣如诉，跌宕怡人。其中《乞米养状元》堪称保留剧目，人们百看不厌，广受追捧。成立于民国十二年（公元1931年）的珠江幻影戏班全是清一色女科班，个个体态妍丽，声色俱佳。那些重要的花旦和武生，班主更是舍得花重酬从广州聘来，戏班在孔庙登场的广告一打出，街头巷尾奔走相告，人们对她们的精湛演技和柔美声音更是啧啧赞叹。至于相传于明代从江西、湖南传入的采茶戏，为灵山人普遍的娱乐喜爱，民国二十年（公元1931年）达到了鼎沸时期，并开始向钦州、防城、玉林和越南等地传播。一时间，灵城成了会演的大舞台，那些视演艺为生命的戏班和艺人，那些自在天成的人生境界，无不荟萃出时代的万种风情。直至20世纪90年代，灵山的粤剧演出仍然在两广一带颇为活跃，生长于这种文化氛围下的我们这一代，也能哼上几段粤曲和采茶。我想，这便是美丽灵山的文化底蕴。

没有文化作为根基的美丽，就如昙花一样。而灵山的美丽是有着许多不同的元素支撑的。单说历史，"灵山人"的命名，早就进入了中国人类学的史书，旧石器时代晚期的灵山人就在今灵城东郊的马鞍山一带生活。这里有物质的，也有非物质的文化遗产，譬如如梦如幻的山水，譬如千年奇缘的荔枝，又如集书法艺术和内容丰富的六峰山、三海岩的摩崖石刻，审美各异设计独特的古村古宅，还有充满神性的跳岭头、烟墩大鼓、丰塘炮期，等等。这些都是灵山这块土地上“天人合一”的美丽存在，天然去雕饰，悠久而深远，自然而然地影响着我们的人生。

三

我的祖籍不是灵山。我的父母把青春和生命献给了灵山。我自然也是在灵山生，灵山长。我早把灵山当作了我的家乡。“江月不随流水去”，尽管我在20多岁时离开了灵山，但灵山的记忆早就植入了我的血肉之躯，甩也甩不去。什么是家乡？早年我去京城上学，亲耳聆听了我们的老师、著名的社会学家费孝通先生讲了他当年去留学西洋的故事。费先生说，他临行前，奶妈用红纸包了一把灶土塞在他的箱子底下。奶妈对他说，假如水土不服，想家时，就用它煮汤喝。于是，我懂得了这就是家乡的意义，它是一根割不断的脐带，把我紧紧地扯住。今天的我没有成为游子，但离开了家乡，离开了这块土地。灵山对于我而言，它是母亲唤儿的声音；是流过灵城清澈的江水；是我出生时三海岩前的“灵山第一”的青砖灰瓦房；是在灵山中学浓密的林荫下，那几眼曾经滋润我生命的老井和甘冽的井水；是时常让我馋嘴的灵山粉利、大粽、瓜皮、芋蒙，还有旧菜市西北角上那摊香喷喷的狗肉，我常常在工厂下班后，花上两毛钱，就能满嘴留香，心满意足。当然，更使我难以忘怀的是教我做人给我知识的各个阶段的老师，与我朝夕相处的同学，忘不了同学之间的那份童真，那份青春的萌动，那些美丽的情感；还有与我一起在工厂打拼、一起流汗的工友们，那些日子的记忆在我心中一直留存，不论我走到哪里都会常常念想着。如今，六峰山下春风满满，高楼在小区拔地而起，宽敞大道纵横交错，环山步道舒适宜人，一江两岸风景如画，城镇不断地扩大，向着城市化迈进。但想起那些斑驳的颓墙，温润的青石，幽寂的小巷，还有一把把铁线弯成的锁匙，我仍可有板有眼地重读那些渐行渐远的诗句，从中更深、更真、更多地透析灵山如痴如梦的人间景致。

这就是我的家乡，永远是儿时眼中的纯真田园，忘不了晚霞中灵东那一池碧水和鸣珂江静若处子，沐浴着晨光的六峰山、三海岩仿若一幅淡淡的水墨画卷。我就是这方水土、这片青山绿水的产物，我身上任何一个分子一个原子都与这方水土有关。所以它知道我在这里会得到愉悦得到人生的意义。虽然我离开这块土地多年了，毕竟人都喜欢活在童话里，我愿灵山在淡烟轻雨里，鲜活长流。或许，这就是生命与土地的玄妙所在，或许，正是将这土地推向圣境的神梦之源。

原载《荔乡灵山》2019年6月第1版

早晨　北海

记忆中，我看过一部日本电影。影片一开始，一位年轻的母亲骑着自行车带着女儿，迎着清晨的阳光，吹着轻柔的海风，穿过遍地花草，来到海边，登上了一座灯塔，眺望太阳，聆听海浪拍岸。如此美景，竟然久住我年轻的心间，很长一段时间这明镜般的母女不时入梦，真是美好，原来人的一天是可以这样开始的。

没想到，多年之后，我也身临其境地钻进这样的梦境，那是在北海。冠头岭是北海西端的一个山头，山上有座灯塔，据说已有 100 多年历史，至今还给往来的中外船只导航。我来时，山上开着的杜鹃花露水欲滴，睡了一夜的鸥鸟自由盘旋，时而向着蓝色的海面俯冲，嘎嘎地鸣叫，玩着蹦极般游戏，时而又安静地伏在树梢。我从它们身边走过，它们只用眼睛瞟瞟，一点儿不惊慌。

北海像伸向南海的温情臂弯，让整个半岛都得到了蔚蓝色的抚慰，人们来到这里，都像一只只快乐的小鸟，纷纷扑进了银滩。八面临风的自然优势，使这座城市早在2000多年前就成为海上丝绸之路始发港之一。人们可以在史志中读到作为经济地理对外开放的身份，但你想象不了这座城市在这之前发生了什么。

于是，我想起了2000多年前，汉武帝一生几乎都在做的一件事，就是如何消除来自北方匈奴的威胁。在秣马厉兵的同时，汉武帝还派出使者前往西域，试图和匈奴另一侧的西域诸国结成同盟。

遥想公元前129年的某日，出使西域的张骞信步逛到了阿姆河南岸的大夏国（今天阿富汗境内）。在大夏街头，张骞惊奇地发现，竟然有汉朝的布匹比他更早到达了西域。

张骞问街头出售这些布匹的商人，这些东西从哪里来的？商人答曰：在大夏的东南，有一个身毒国，经过身毒国可以到一个叫作蜀的地方买到这些布匹。身毒国，就在今天的印度境内。

返回长安后，张骞把在大夏国的所见所闻报告给汉武帝。汉武帝惊奇之下，一条打通西域的政商之道开始谋划于胸。

彼时，公元前120年，汉朝首都长安已是世界上较大的城市之一。

在全国各地送到长安来的贡品中，有五花八门的珍禽异兽，其中有一头大象，据说来自海外。负责运送贡品的官员说，大象是南方海边合浦郡晋献的，说是用合浦珍珠从海外换来的。

海外？难道往南还有一条路？可以避开匈奴到达西域？可以从北部湾走海路到达身毒国，再通抵西域？又一条宏图进入汉武帝眼中，与张骞之说汇成汉武帝的伟业，南北两条西域通途！

于是，公元前111年，汉武帝在岭南设立九郡，合浦便是九郡中重要郡之一。

汉代北部湾的北面几乎都是合浦郡的范围，它北通郁林、苍梧、番禺，东接南海，西脸交趾，是岭南政治经济中心之一。合浦，北面是辽阔的西南腹地，南面是浩瀚的南中国海。这是历史上一个很有名的海域。今天北海沿海一带秦时属象郡管辖，汉时属交州合浦郡。汉光武帝建武十六年（公元40年），交趾“二征”叛乱；建武十八年（公元42年），朝廷派遣伏波将军马援率军平叛；建武十九年（公元43年），平定交趾叛乱。当时，马将军“将楼船大小二千艘，战士二万余人”从北海下海，沿北部湾海岸向交趾进发，而后凯旋。从那时起，北海便慢慢形成了港口，也逐渐成了中国与东南亚，西亚乃至欧洲进行海上贸易的最早商港。

一队队满载丝绸和陶瓷的帆船，浩浩荡荡从合浦古港驾船驶出，直航东南亚，转至其他遥远的国度。缅甸、柬埔寨、印尼、越南甚至印度、巴基斯坦等南亚一些国家的使臣通过这条海上通道，踏进中国，与东汉王朝交往。清康熙元年（公元1662年），北海因市区北面临海而得名；1876年，《中英烟台条约》将北海辟为通商口岸，英国、法国、德国、美国、意大利、葡萄牙、比利时、奥匈帝国等西方八国相继在北海设立领事馆、开办教堂、医院、学校、电报公司和轮船公司等。

一段确凿的历史，一百多年岁月的遮蔽，早已越出视界。但它顽强存在，它用物质的形式不容置疑地证明，这是历史的也是现实的。珠海街、沙脊街、摸乳巷、接龙桥、永珍祥、合泰号，一个个名字和一个遗存的建筑记忆着过去生活的细节，承载着北海曾经的繁华，像墙上的灰浆经过时间的淘洗依然坚硬。我惊叹一个世纪前，北海人的生活曾经与西方靠得那么近。在国人还穿长袍，裹小脚，戴瓜皮帽，北海已经按着自己的思维在展开，这几近一个神话，东西方的交流在这片海域达到了开放的程度。那些各式各样的罗马柱，还有别具风情的拱券在北部湾放射着耀眼的光辉，我们仍然能够借此遥想当年热闹的情形。

我敢肯定，那是因为开放的阳光照亮了这片海域，商船的穿梭使北海人的心中荡起涟漪，汽笛一响，一条条洋派的街道便诞生了。

一时，北海港熙熙攘攘，成为我国南方重要的对外窗口。虽说汉武帝略输文采，却成就了这件对外开放的大事而永载史册，也成了北海作为历史文化名城的起源，并留给后人。这些财富，像一缕缕阳光，折射出这片大海古老的历史与文化底蕴，延续和丰富了北海人的热力与活力。

海风穿过繁茂的榕树，留下的是清凉。

珠海街前临一条街，背靠一片海。漫步于珠海街上，真的像是毫无防备地，一下子就进入了画中，每时每刻，都会有熟识相伴的感觉。那些欧式的骑楼建筑如今还有部分老人闲居，其中就有作家陈建功的祖屋。那天我俩走过建功家时，他告诉我，他爷爷就是从停泊在屋后海边的船上，把货物一件一件地搬运到门前骑楼下摆卖的。这就是珠海街当年的经营常态。我从门口经过时，仿佛还能听到老人踩着老式木楼板发出的吱吱声响，声音中汩汩流淌出一股古风余韵，石基和瓦砾似乎在告诉我那些曾经繁华的故事。这些故事很神奇，也深情，它在历史上和现实中有着说不尽的风雅清韵。

此时，我想起著名社会学家雅各布在《美国大城市的消亡与生长》一书中写道："当我们想到一个城市时，首先出现在脑海里的就是生活状态。"因此，对我而言，北海老街的风清雅韵便代表了北海。老街是他们的生活空间，每天来往穿梭，每天都在这些空间里感受自己的生活，而这些生活也会随着时间而发生变化。

就如海珠街北侧房屋的背面是外沙港，一个多世纪以来，外沙港的面貌随着时光的迁移与改变，如今它只是一般渔船的停泊港，是外地人到北海吃海鲜的地方。新式轮船已经无法开进泊港水道，必须转至新港停泊。尽管如此，旧港内生命仍然澎湃无穷，每天进出的渔船、拖曳船、帆船来往不息。穿梭在码头上的渔工们，一面相互吆喝，一面忙着抬着鱼筐，那种繁忙的景象，依旧充满着生命的热力。天气极好的一天，当远处的渔工在准备出海的同时，一条空船在岸边等待。广阔无际的天空上涌动着巨浪般的白云，天空与安静的大海在地平线上交会。明亮的色彩和童话般的活力展现了北部湾风光。我惊奇地发现，一道非常特别的亮光照射在水面那条船上，它是生命重新开始的象征，有力地唤起了那种大自然和上帝胸怀的广阔无垠的感觉。

择水而居是许多人的生存选择。我发现，大海与人类的呼吸是相同的。因此，大海与一个民族的历史、繁衍、生活密不可分。可能就是因为人与大海的关系如此亲密，又因为北海富于历史感的民居环境，平淡而安详，吸引了许多人的光临。当然，他们不一定是什么明星、大腕，只是一群执着于在一种舒适环境下生活的享受者。他们或是两个退休老人，或几人而聚，或独自一人。他们或在老街上喝着咖啡，或自由着，欢快着，坐在海边的沙滩上，看着海浪从深处汹涌而来，当它漫至脚腿时已经转变为一种温情了。这是一种很独特的体验，感觉那么的舒心。

然而，这种独特的体验，不仅在城里。当我登上那个被誉为“中国最美的海岛”时，看到那些曾经被火山喷薄挤压而生成的怪石嶙峋，还有奇丽绚美的红树林，上帝挥毫写就的一页丰厚与深刻停泊在海中。一百多年前，法兰西的传教士就来到了岛上，在这里用石灰混合海石花碎砾建起雄奇的教堂，这一哥特式的古典建筑至今仍然供人游览和为人弥撒洗礼。上岛的早上，我特意从港口外的海面看这神奇的岛，弧形的山，弧形的树林，弧形的沙滩，像一弯眉月。到了晚上，我行至高处，居高临下，那弯眉月却变了模样，缀上了星星点点，这是人间的灯火。我不禁心中顿生了怪想，月亮里原来也充满了人世间的气味。却不知吴刚、嫦娥手持哪一盏灯光？因此，我用脚掌叩响鳄鱼山的栈道呼唤海风拂去心上浮尘。看到飞过的鸥鹭、打鱼郎，以及很多我叫不出名字的鸟儿，它们有的在水里觅食嬉戏，有的在海岸红树林树丫引颈鸣叫，引得我恨不得扑进水中。

置身于一幅秀丽诱人的景致里，北海的海水、银滩、街树、老城仿佛与我的心有着一种不可割裂的关系，在如画的天地中，时空仿佛都在倒退和凝固，也仿佛在延展和伸舒，海的胸襟与气度在这海湾上幻化出不同的内容和魅力。

在北海，白沙像美人雪白的臂膀一样拥在海边，任北部湾的海浪将它洗得冰清玉洁，海浪日复一日对它唱着情歌，令我生爱。这是一个温暖的臂弯，在这个臂弯的袒护下，所有的生命都有了属于自己的家。

在写作这篇文章的时候，我刚从美国波士顿回来不久。在波士顿，我去了瓦尔登湖，梭罗在瓦尔登湖边，享受着美妙的黎明和黄昏，和大自然的一切对话，和自己的内心对话。他说："你得做一个哥伦布，寻找你自己内心的新大陆和新世界，为了思想的流通。"他还说："我就这样好的环境中偷闲地过了许多个早上。我宁愿把一日之计在于晨的宝贵的光阴这样虚掷，因为我是富有的，我富有阳光照耀的时辰。"梭罗做到了与自己的森林和湖泊为邻，在那里生活。他是个实践主义者，他做了他想做的事，他是一个自由的人，他因而被敬仰。就像梭罗心中有一座森林，有一个瓦尔登湖一样，我们每个人心中都有一片海，都有一个家的渴望。北海碧蓝的海水，洁白的沙滩，葱绿的树林让我入梦。海滩与海相接，与家相连，水绕着家，家绕着水，一切都是那样的自然。在我之前，已经有很多人有这种欲望，他们在半岛的海湾里筑起了世外桃源般的家园，与他们为邻的是鹭鸟、白鸥等稀罕的生灵和蔚蓝中的风帆。他们渴望，梦醒时分，面对蓝天碧海，伸伸懒腰，像北海人说粤语一样，道声：早晨（音“顺”），北海！

一不小心，我就做了一个早上不愿醒来的梦，当然，已不是日本电影美景中的母女，而是在北海冠头岭下，我成了一个迷路的人，在蓝天碧海间乱撞。如今细思，不知我是迷失在历史的风景中，还是迷失在自然的海景里，也许是自己太迷恋大海的缘故，所以心神往之，所以春暖花开。

原载《美文》2017年第4期

林村看戏

生命里蛰伏着的那一抹很重要的意念，正被一分一秒地抽走，悄无声息地抽。还没来得及细细品味，就到了永福。

永福在桂林西南郊不远的地方，是桂林山水未加雕饰的一部分，自然生态闭着眼睛都可以想象。半个多世纪前由永福县和百寿县合并成新的永福县，有福有寿，福寿两全。好山好水养人，据说，县里百岁寿星过百人。然而，它是广西最具特色的地方戏曲彩调戏的发源地，知道的人并不多。

彩调，于清代乾隆年间形成。最早叫“文灯”，又叫“调子”或“草鞋戏”。早期它不能像“袍带戏”那样进入正式场合，演的唱的全是农民，戏无剧本，唱无曲牌，师传靠“肉口”。后发展为开馆授徒，分角塑型，创腔定板，编成桥本。全是即兴表演，临场自编。间或引进，内容都是自古流传的小说演义如《三国演义》《薛仁贵征东》《杨家将》《说岳》等故事，并加以地方化演绎。永福彩调演出至今仍十分盛行，几乎每一个村落都有戏班子。或逢年过节，或宗族祭祀，或喜庆丰年，每一次演出都是连台戏，有时长达十天半月。据说，正月里唱土戏不仅为了图热闹，还为了压煞、避邪。正月为一年之始，人们用最原始的方式来表达最原始的愿望。良辰乡俗，赏心民事。

主人反复说，地道的彩调戏，是土戏，土生土长，在罗锦镇的林村。

我们真的想看点带土气的东西了。

仲秋的薄暮，淡月已悬在罗锦镇边上的山尖。在镇上吃完晚饭。去林村的路，雾岚在空明澄净的天宇间弥漫。山里秋凉飒飒，弯弯的山路飘来阵阵樟树的清香；行进中，慢慢地稀疏的村灯穿过山野与林木不时映入车内。

林村是用绿色洗涤过的山村，水墨描出来的一般寂静。声音似乎没有被机器切割过，月下的色彩没有被画笔修改过。喀斯特的峰岩静穆得如远古的雕像，云和雾飘得十分得意。

下车时，我意识到“土”正是林村的本意。

没有围墙。村边一块平地，一个木搭的舞台。戏场简陋到不能再简陋。几副锣鼓开始闹场。几把二胡正在调音。鼓声越来越紧，分明是在招呼四面八方的乡亲。于是，喧天的鼓声人气便显出几分壮阔。

两只大灯泡高悬在竹竿上。晒场上挤满了人，除了本村，还有周边十多公里村子的观众，男女老少，老的相互攀谈，小的喊爹叫娘，透出浓浓的喜气，像过年。

新的一轮锣鼓声又起，喧哗声顿失，东追西逐闹翻了天的孩子们此刻也不出声了，他们爬到台上，拥簇在戏台的两个角落，一面感受由戏子走动所引起的戏台木板的震动，一面忍受身旁二胡演奏者时不时地哄赶。孩子们上台来受这份罪并不是真为了近距离看戏，要真是来看戏也未必能看懂多少，在孩子的心里，上台只为了出出风头，算是沾了点台上演员的光，身上贴了金，好歹也成了众人瞩目的人物，这当是孩童天性使然。

一切都静了下来，只有台上抑扬顿挫的声音在山谷间回荡。演出的剧目是古装戏《王三用计》。据说是前一天才由戏班子的演员自行创作编排的。剧情说的是王三因赌博输了钱向大嫂借钱还债被拒绝后，发誓与大嫂断绝来往。而守寡的大嫂受人欺凌，漂亮的女儿被富人逼婚。关键时刻，王三不计前嫌，以亲情为重，设法帮助大嫂一家渡过难关。只见台上男的执扇，女的甩帕，边舞边唱……两个小时的演出，演的认真入戏，看得全神贯注。顿时你会感到人类的感情世界原本是这般单纯美好，无遮无拦，唯有土戏能够把它表现得如此直接。故事很简单，表演也粗拙，但投入率真，可信，不时地于每一场都有所见："骂媒"的又骂又恨，谐中见真；"抢亲"的粗野中见奇幻；"求情"中见情缘；"盘花"中的旋律似曾相识，悦耳动听。那通俗的、地方化的唱词不时引来一阵又一阵哈哈的笑声，那是一种精神获得满足的会心笑声。我竟然也喜欢上那些粗浅的唱词，因为唱词背后的人敦实、本分、乐天，懂得处世之道，天就是天，地就是地，你是你，我是我，我并不因为上不了天就没有了快乐。这份固守生存边界的智慧与豁达，很简单但也很珍贵。

夜色中传来演员咿咿呀呀的歌唱、叮叮当当的鼓钹，还有二胡悠长的吟唱。天然，浑朴，自娱自唱百家乐。演员的演出各行其素，各有独处，没有框框。那唱腔，不见得笃正，那唱词，有时还会停顿，然而却是地地道道从口中传出来了。唱腔夹杂着桂林山歌的韵味，听上去很有味道。演唱时台上一人唱，台下一声声“呀嗬依嗬咳”众人和。有人说这是古时由说唱向戏剧演变中留下的痕迹，而林村人说是将民间唱本艺术直接搬到彩调里的结果。不管如何，演员与观众，一招一式，已成自然，一腔一曲，烂熟于心。那轻柔、悲悯的声腔，句句唱得飞珠溅玉，唱到人的心坎上去了。20 世纪 60 年代享誉中外的《刘三姐》便是取材于彩调古老而优美的旋律进行加工的艺术。

整齐地坐在前面的一排老人，竖起听觉渐衰的耳朵，晃动着长满枯草般稀发的头颅，和着铿锵的节奏，双手捶着隐约跳痛的双膝或双胯，陶醉在戏里，津津有味。孩子们要费力地站在小板凳上方可看见半个人头，但这并没有削弱他们看戏的兴头。一些更小的孩子则干脆骑在大人的头上，鹤立鸡群，得意地随着演员的移步而左顾右盼。

你能说这种艺术土气吗？她有一百多年的历史，一直流传至今，仍然保留着原来的风格，说明它具有生命力。这天，是我第一次观看传统的彩调剧，作为一种古老的民间表演，彩调确有其固有的特色和魅力，看过之后也确使人有一种耳目一新的感受。但这种完全由农民自发演出的，至今仍保有浓重的原始风貌和给人一种粗糙感的乡土气息的村社戏剧，自由自然，天人合一，这份天然让我着迷。

自由，自然，也许是人天性中的一部分，土戏很适合这种天性的张扬。自由，自然，在哪里？当然就在民间里。土的东西，是真正的民间。那个潜藏在社会与现实底层的鲜活、顽强的民间，只是它需要我们也自由自然走入其中，以身心感受并融入其间。林村看土戏，不是为了印证什么，也不需要回答什么。土戏本身就是一种戏剧。像一株葱郁的大树，长在山里，向自然植入，深深的根系。人世间多少是非成败不都是转头成空，青山依旧在，几度夕阳红，又有什么可以像这种土戏一样能够一直延绵？

毫不造作，随其自然，顺其人性自然流畅是戏剧的生命。我想，彩调戏在林村得以久传，并不在于人们认识到它的价值，而在于它的本身契合了流传的规律，它一定是自然于百姓，好比菜里的盐，杯中的酒，夜里的灯，不离不弃，成为当地人一种“集体记忆”的历史资源，并为当地人的生活注入了生存的意义，让它生生不息。

戏尽人散。田垄上，山林里，点点星火在游走，叽叽喳喳扛着板凳沿着田埂或山路回家的农民，渐渐隐没在寂静的角角落落。

我是这般沁凉如水。林村，只是一个僻边而稀罕的群落，只是一个小小的村庄，他们处于地域的边缘境地。而戏台上的淋漓酣畅，原野里的广袤清幽，与乡人们深深沉醉的心融为一体，那种生命状态令我动容，并且刻骨铭心。面对一个日益物质化、功利性的社会，能使这一乡土艺术长久地彩扇翻飞吗？看着迎面山尖那轮月亮，已经完全变成了轻柔的白色，这一切像嵌在天幕似的，但愿永远不会落下去。

原载《羊城晚报》2007 年 11 月 13 日

里湖的色彩

里湖，不是湖，是山，瑶山，居住着瑶族支系白裤瑶。

去里湖的路，是重重叠叠的山，越走越高。被山石分割成一块一块小小的土地上，青绿在顽强地生长。一种只有在里湖才能生长的粘膏树，站成了一个个天生的标志，让人惊奇。一片烧荒的火，宁静地燃烧，黑红黑红的，美丽，炫目。

湿漉漉的石板路，不规则地弯曲，不规则地延伸。路旁岩缝里亭亭立起的香椿树被染得暗绿盈翠。这瞬间，山里分外宁静。山路上开始有了三三两两的白裤瑶姑娘小伙儿。那是一堆浓艳的色彩：姑娘上身着无纽扣、低立领、双边襟领连接处用橙红色丝线绣出花边的黑色布褂，每人都背着一件相同的蓝布锈红的饰品；下身穿孔雀蓝色和白红色相间的绣满图案的百褶裙。她们的头发梳理得整整齐齐，绞成股，盘到脑后打髻，扎上银簪，头帕往脑后包成马蹄形的头罩，拉出帕端的两根白带自后盘绕前额一圈。她们一个个稍低着头，轻轻地微笑，不紧不慢地把身子和衣裙展示在山野之间，像风摆柳枝一样地招摇。男子的穿戴以那裤裆宽大的白裤最为惹人，远远望去，一条条灯笼白裤，就像一朵朵白云来回飘动。纯白布裤子，裤头左右折叠，裤腿仅仅长至膝盖就紧锁，窄口裤脚。膝盖处，绣着五条长短不一的红绒条，宛如五个殷红的指印。他们白裤黑衣，盘成发髻的长长黑发，被包在一块又一块蓝的、黑的、白的布巾里，色彩鲜明，对比强烈。

也许就因为男人穿着这样的白裤便称之白裤瑶？他们为什么这样钟情于白裤？我掩饰不住由此而产生的好奇，试图寻访岁月留下的痕迹。酒桌上，老人给我讲起一个很早很早的故事。

在老人也说不清的那一个年代，白裤瑶的祖先最早来到云贵高原边缘的里湖，这里虽山高僻远，却树绿草青，不流不停。稍加劳作，人们便可居食无忧了。不知是哪个朝代的哪一年，又一群人落荒至此，哀求栖身。好心的瑶族头人手一挥就给客人安排了一块上好的宅基和耕地。从此，白裤瑶与客人共同不分你我，开拓这荒芜的疆土。

一年过了又一年。外来者不断增多，便有人阴谋赶走白裤瑶同胞。白裤瑶头人面对这种无理的挑衅，心平气和地希望不要做出这种不义的行为。可是，外来人凭借着自己的人多势众一意孤行，扬言要一打见分晓。头人只好动员族人挥戈迎战。

仗打得十分艰苦，白裤瑶深感寡不敌众，边打边退。不幸，白裤瑶头人被箭射中，殷红殷红的血喷射不停，可是，他依然带伤坚持指挥作战。族人看到自己的首领重伤不下火线，情绪高涨，一次又一次地顽强反攻。在眼看就要夺取战斗最后胜利的关键时刻，头人腹部、腿部又连中数箭，顷刻跪地。然而，他咬紧牙关，双手扶膝而起，坚持战斗到最后一分钟。因为他知道，为了他的族人，他必须用这种神圣的方式来保卫他的民族，展示他的民族。阵亡时，他染满鲜血的双手深深印在两腿的膝盖上，结成了五指鲜红的硬块。为了纪念首领不屈的民族精神，继任者决定，从此把男人传统的艳丽多彩长裤一律改为单一的锁膝白裤，并用红线在裤脚口正方绣上头人阵亡时留下的五个指印，以表达对自己英雄的景仰！这白色裤子上的红色线条，随着裤子的移动而飘扬，令人难忘。在老人悲情的故事里，使一些无从稽考的经历、苦难，突然像箭射中我的心，我知道了那是慎终追远，血脉流布；我也明白白裤瑶民对先人的怀念，已凝固其间，这种情感像从天空泼下来缤纷的阳光，令我格外温暖。

而女人们的百褶裙，是蝴蝶一般漂亮的百褶裙。百褶裙是用三幅浆染并绣好花色的布料组成的。据说做好一条百褶裙大约要用半年的时间，白裤瑶妇女生命的一半时间都是用在了绣裙的劳动上。制作浆染绣花裙时，女人们并不用毛笔或画笔，而是将一根筷子般的竹片破开三厘米，夹上一块一厘米宽，形似斧口的铜片，蘸熔化的粘膏汁，一点、一勾、一竖、一撇地勾描。描好的布，放到蓝靛的染缸里浸泡七八天后，清洗晒干，又用花线依着印痕一针一线地挑绣出彩色的图案。

这种劳动没有使女人们厌倦，她们知道，自己所生存的现实世界很多时候并不那么完美，这太旧太窄太土的木楼，幸福不会每天都来敲门，染织绘绣不可能盛满锅碗瓢盆一日三餐。或许因为百褶裙是她们表露感情的园地，不管自己是幸还是不幸，个人的心事却能绘绣其中；不管绣上什么样的图案，万事万物都按自己的设想，想蓝就蓝，想红就红，生活的谎言和斑斓的颜色同样美丽，为一个个自己描绘的世界而消解生活的不如意，那是一件很好的事情。要不，她们为什么在绘绣中总是爆出一阵阵脆生生的笑声，一个个笑倒在斑斓的色彩里呢？要不，她们为什么常常架起竹竿把很多很多的百褶裙晾上，一个个像艺术家一样相互点评彼此的作品，又一个个沉醉在这些彩色的半圆中呢？在这些色彩装帧的独特背景下，幸福与苦难都已一个个地老去，织染绘绣却从来没有在白裤瑶的衣衫裙裤上消失过。从这些流风遗韵中我看到一脉古老的源泉，无声地流过瑶山的沟沟壑壑，流向世界的山山水水。

山里的布谷鸟叫了，花开了，草也醒了。我想，假若里湖的古树底下没有那些蓝裙白裤的女人男人，没有那些动感的色彩，那么，瑶山可能是一个荒凉冷寂的世界。

色彩是里湖的，放在白裤瑶同胞的身上，只要抬起眼睛，时时刻刻都看得见。我跟着里湖的色彩，感受另一种生命的存在。这时，细细密密的歌声在树林中传来，有如天籁。

原载《民族文学》2009 年第 11 期

高山之上

早在 20 世纪 70 年代初，我就听说凌云出品的白毫茶很有名气了。那时，我二姐上山下乡，在桂南的一个茶场种茶，曾有机会坐着大货车，一路颠簸，上凌云取茶经。回家后，我问二姐，凌云是个怎样的地方？吐了一路的二姐说，哎呀，那里的山太高了。打那以后，在我的想象中，凌云在高山之上。

多少年来，凌云只留于我的心上，却从未举步。今年仲秋，我终于如愿。那天，车在南宁至百色的高速路上平稳行驶，很快到达百色，便转入平坦的二级公路，不久就抵达凌云县城。一场秋雨刚过，黄昏的泗城镇像透在山间的水墨，悬挂在桂西北的天上。凌霄山和迎晖山夹峙，青山为幔，山谷里不断生长的浓浓的白雾，满目梦境般清幽，我好像钻进了雾海之中。

一条河流自北向南穿城而过，水流湍急，却清澈见底。水流淌有形与无形之间，因河床不同将野性和柔性结合在一起，偶有断层造成的高坎，则瀑飞石上，珠玉起舞，哗哗作响，清纯得让人心旷神怡。如今，城里尚有一条碧绿如茵、水质纯美的河流，已鲜见了。泗城人可以享用着不受人为干预过的滚滚清流，实在太有福气了，真让我欣喜和羡慕。凌云作家罗南告诉我，这条河叫澄碧河，源头就在泗城北边很近的水源洞，它是珠江的源头之一。至此，我才恍然大悟，一直以来，我所用的水，相当部分出自此，心情便多了几分郑重和感恩。

这是一种在现场才能体验的感受，以及内心的一份珍爱。

水是一种耐人寻味的文化意象。我从来对于水有一种别样的情愫，一种诗意的怀想。我不想把时间耗在主人盛情的杯盏中，加上这些年已养成饭后步行锻炼的习惯，匆匆地填饱了肚子，便怀揣着强烈的好奇，趁着天色还亮，从餐桌的热闹中悄然撤离，独自走到河边，溯水而上。沿着河走，便觉得人被无边的清凉气息所拥抱，它抵我足，抚我心，甚至觉得完全可以把它触摸。高大的山体与苍翠的植被生出了一种沁人心脾的味道，充满了每一个角落。北行不足两公里，便来到一座被植被覆盖的山脚，就听到水声轰隆如地下连续的雷霆，那般喧响，好不热烈。水声催我大步前往。果然，水源洞很快就呈现在我的眼前，大大的洞口涌出浩浩清泉和凉凉的水气，有如天河泄漏，争涌激射，令我惊叹。真所谓：

“岩幽通古泉，山灵通地脉。”我此刻与罅谷幽岩多么亲近，真是不知如何感谢上苍生出这口泉水。惊叹之余，也忽然觉得，大地之所以令我们感恩铭刻，是它的付出、蕴藏、包纳与收缴、催发、兼容。就像这眼泉水，不仅是一股出自山体的清水，而且是浩荡的河流。澄碧河乃至世界上所有的河流，单个的泉水和雨雪是它们的前身和母体，最小的水滴也有无尽的梦想和奔流力量。

翌日，一路陪同我们的百色文联副主席向志文是凌云本地人，对于凌云的历史人文和自然地理十分稔熟。他对我说，县城附近还有龙溪、西溪和龙渊三条河流，在县城与澄碧河交汇，泗城因此得名。哦，原来一个因水得名的地方，澄碧河便成了一条宽容的不息的水脉，浸润着凌云的山骨。

这些年，不论去哪儿，我都会查阅当地的相关资料。凌云位于云贵高原的东南麓，平均海拔 1500~2000 米，算是广西的高原了。相对的高差酝酿出纵横的沟壑，对峙又相依，从东南飘来的温润空气，被高峰阻隔后徘徊在天空，使之成为湿润气候区，高山充满了柔性，植物因而特别丰富。一路上，与我相视的就有香果树、马尾松、香樟、红椿、八角、油茶、酸枣等。尤其我看到长在云端里的一片片茶树更是青翠欲滴，煞是可心，竟忍不住摘上一枚毛茸茸的嫩芽，放置鼻尖，香远益清。这种茶称为白毫茶。俗话说“高山云雾出好茶”，这里空气纯净，常年云雾环绕，土壤有机质含量丰富，茶树朝夕饱受雾露的滋润，白天光照充足，光合作用制造较多的有机物，夜晚温度较低，细胞呼吸作用减弱，降低了有机物的消耗，因而芽叶肥壮，叶质柔软，白毫显露，香高味浓，属茶中极品，它成了凌云的地理标志。

有山必有水，山水总相依。这时的水无处不在，像人体内的血，在山间里涌动，或平行，或越涧。于山沟，于林间，于草丛，于房前，于屋后，清凉沁人。盘山而上，我看见在山崖沟壑，水有时被挤压成一条条银白的丝线，激越奔泻；有的轰鸣着翻腾起白浪。山沟里，有时还会看到瀑布，挂在峡谷两边的悬崖上，垂直跌下发出某些声音。

而相对宁静的则是那些水积的潭。最具代表性的要算躺在高山之腰的金保瑶寨了。转了几座山，便上了金保瑶寨。但见寨前一潭碧澄，潋滟波动，清凉透骨，纤尘未染。这是因为寨的后山古树盘崖，云雾缭绕，树下流水潺潺，在一个瀑下便形成了一个蓄水潭。沁凉的山风，夹着阵阵松香草香、虫鸣鸟叫在我耳鬓厮磨，我感觉张开双手就能拥翠抢绿了，真是个避暑纳凉的农家乐。据说，在夏天的周末或假期，许多城里人便偕眷结朋，蜂拥而至，到此品瑶家腊肉，喝农家甜酒，极眸凝望高山美景。罗南说，山上更多时候，雾化为云，在脚下形成云海，山随云涌，峰随雾移，自由而曼妙。若有日出，则朝霞满天，一轮太阳从云层中冒出，令人心醉。说真的，高山之上，好像一位藏在闺中人未识的女子，清纯，无论是看花、赏绿、品秋都另有一番情趣。我想，难怪你生活在这里，常常得山水滋润，写起散文便有了灵性。

此刻，我有理由充分相信，坐拥着这美好的生态，充满灵性的风景是看不尽的，它们都能让人产生联想，都能使人们流连忘返。我想，植物与人类天然就存在着一种深情厚谊。这些美好的景致，源于高山之上涵养丰富水分的植被。这些植物造就了凌云的青泉、蒙泉、凤凰泉、榕泉、犀牛泉、磨刀泉……更催生了水源洞源源不断、生生不息的滚滚清波，与众多的河流一道，流进了我们的血管，滋润我们的心田，养育包括我在内的珠江水系亿万子民，那是多么的神圣！看到滋养自己的河流之源，便想起高山之上与这些植被厮守千百年的凌云人，水样的年华奉献给一片绿荫、一江清水；他们的付出有如高天白云化作的甘霖，自然干净，清醒亲切，让我心生敬意。这份敬意，不仅使它成为我精神上一座值得尊敬和仰望的高山，更使之成为我心灵上收获的一份美美润泽。

向志文说过，凌云这个名字，在民国版的《凌云县志》上说："县曰凌云，得名于山，起自清初，以表其峻。"的确，意蕴契合；凌云，历史上也曾叫泗城府，又与水密切相关。可见，沐浴在山水里的泗城是多么神奇。我行走在河东的泗城府古城里，老宅庭院，砖墙灰瓦，阡陌小巷，古树绿意，依稀可以勾勒出它昔日的绰约风姿，呼吸到了历史年轮的气息。这些原本氤氲儒气的孔庙，浑厚庄严的中山纪念堂，威风凛凛的土司时代的建筑，在岁月的风尘里留存了曾经的辉煌。

面对这一切，忽然有一种悠远与沧桑的感觉。我一直这样想，大凡能吸引人的地方，必是一个极其清幽的所在，总是与一些美好的事物并排伫立在一起，或映衬着神秘的光晕，若能延续几百年，而依然不改当初，这里该是一种怎样美丽的仙境！而如今整齐而现代的建筑和古朴而有致的民居，以及穿行于河东河西山上山下的纯朴的人，总会把高山之上的美好传说留给一代又一代，让一代又一代人总看到青山，看见绿水，也给我们带来无尽的乡愁。站在河边，听着奔流的水声，我心如灵动流淌的水，瞬间接上了地气。

此时，泗城华灯初上，在这茶香盈盈、月色弥漫的秋夜，我的心轻盈而快乐，悠然如诗，灿然若花。我在想，高山之下，那些城市已是一片夜的繁华，街上人声鼎沸，车水马龙；而凌云，高山之上，清凉如水，澄澈似湖，没有喧嚣，定格了一种最好的祝愿给风景。得之耳目，感之于心，我感到了极大的满足，仿佛这些大自然的造化本为我所有，可以每天去享受它，占有它。天空如井，上下相映，又感觉似乎不在凌云了，而是一个奇特而又无与伦比的仙境。

也许，正是高山之上的享受，凌云给我的印象如此深刻。以至第二天赶回与家人中秋团圆，我的心也迟迟不能如期归来。

原载《右江日报》2015年11月27日

漂流布柳河

桂西北的大石山历经亿万年的沧桑，岩顶裂开的那道缝隙依然不改旧时模样，一切都维持着原生形态，捏成几十座高低错落的山，故意弄出一条弯弯曲曲的水，不让你看透，不让你一饱秀色，只是逗引你追逐流水左旋右转，在水流中一步步去读懂她的价值。

刚上船，听不见她有骤雨惊雷的声威，看不到她有龙腾虎跃的气势，更没有“星垂平野阔，月涌大江流”的浩瀚景色让我游目骋心。只感觉它安然、恬静、婉约，缓缓地推着我们，摇晃我们娴雅的心田。然而，当我们刚刚沉溺在平静中，放开心情时，突然前面是一个大的急流，好恐怖，我闭上眼睛，慌忙中抓紧绳子，激流便把我们送到险滩口，然后把我们的皮筏艇从高高的水段狠狠地摔下来，溅起的浪花淹没了我们，我们以为自己已经翻船了，引起一片惊叫声，皮筏艇从激流上抛起，又重重甩下，甩得我头晕眼花，皮筏艇又重重地撞向身后的礁石。水花打得我们身上头上全湿了，我们紧紧抓住绳子，尖叫着迎接前面又一个险滩，从险滩上冲了过去，

我是与肖建国、田瑛坐在一条皮筏艇上漂流布柳河的。

建国兄许久没有这样的心境了，是布柳河让他摆脱杂务琐事静静地休憩，他说，人就和这河流一样平凡，人累了，就应回到这本属于人类的自然中，该刺激就刺激，该平静就平静。

进入布柳河仿佛换了一个季节，那轮在山外十分烫沟暴烈的火盆，顿时温柔和善了许多。漫山遍野的绿色盈盈漾漾，往时的烦躁立即被挤进来扑向眼帘的绿荫赶走。头顶，不时有飞瀑从天而降，溅出阵阵快意的惊喜，河水在起伏的石滩上激起一个个惊险。

开始我们很紧张，很害怕，但是到了后来，就找到了诀窍，其实在险要的地方就紧紧地抓住身旁的绳子，一般是有惊无险的。只要你不松手，也不伸手，你就会很安全。后来，我们在一路上都互相提醒：注意了，前面有险滩了；注意了，身后有礁石。一路的惊险与刺激，只有去过布柳河漂流才能心领神会。惊险过后，在风平浪静的时候，我躺在皮筏艇的一端，看两岸的风景，郁郁葱葱的大山环抱着溪流，白云在峡谷的上空优雅地飘过，那确是人生难得的一种境地。

对于布柳河的感受是自然的、不加修饰的享受。我们静静地欣赏着两岸夹峙的双壁，同筏的导游想给我们说些导游词，被我们婉拒了。我们不需要那些生造胡编的民间故事，不需要模仿桂林漓江景点的拟人物化似的解说。我更相信自然的诱惑，我滋生着希望，不时地抬头寻找也许只是属于我的无名希望，带给在河流中摸索前行的过客一点福音。然而皮筏船顺着水势漂去，我仰望那高远的一线天空，连我自己也说不清想要寻找什么东西了。

山风，携着清凉而来，令微笑的阳光不停地在墨绿的枝叶上颤抖。许多联想便从大山深处的幽静中走来……

离开故乡美丽的河流许多年，如今客居广州的田瑛在布柳河上想着家乡湘西那条熟知的猛峒河。都市多年，文化了的眼睛将布柳河与猛峒河相比，它们河流读出一份厚重和深邃，读出人与地理，读出一部自然史和社会史来。而传统教育的我一看到大山，便想起土匪。其实，土匪是一个已经消亡了的概念，它属于半个多世纪以前的那个遥远时代，而田瑛的湘西土匪爱情故事在布柳河特定环境中讲述，幽静得更具一份身临其境的感觉，因而被赋予一种时代的色彩，就像我有一天在一个僻静的海岛，想起了那些国民党反攻大陆的故事。

不同的人在不同的时空，或从不同的角度来看同一事物，其结果有时会大相径庭。

布柳河就是布柳河，一个名字美丽的河，它是一种恒定的东西，一种境界。我仿佛在一个雕着许多影格的长廊中游弋，时明时暗的光影，摇着河岸和皮筏艇，激起船首那一圈圈忽隐忽现、活蹦乱跳的浪花。

匆忙人生之中，有这样一天我有缘邂逅了布柳河。一边漂流，一边思索，我觉得人生也如这漂流一般，总要经过很多的险滩，激流，最后终究归于平淡。在人生的旅途中，总要和那些激流搏斗，或者失败，或者成功。大起大落之后，才能悟出平淡是真的道理。转过一道道的弯，蹚过一条条的河，才能发现眼前的一切豁然开朗。在到达目的地后，才惊觉人生走得太匆忙，在旅途中，太在意目的而忽视了两旁美丽的风景，很多的东西就此错过，不能回头也无法回头，而成为美丽的遗憾。

离开的时候，我想起在这条河的下游，在那叫龙滩的地方，正在拦筑一道大坝，这条河的上游可能漫起来，这条河上还能漂流吗?

那是我的担心。当地人说，布柳河还是布柳河，不会因筑坝涨起来。我为此祝福，因为漂流布柳河已经是我心中一种记忆。

原载《当代广西》2004年第11期

吴哥之上是金色

金边机场入境时，边检官拿着我的护照，眼睛直看着我，嘴里嘟嘟囔囔地不知说些什么。我以为遇到什么麻烦了。几分钟后，我急了：“Why？”没想到，他竟用熟练的汉语回答：“人民币。”一阵不爽，我只能掏出小费，尔后踏进了柬埔寨国门。入关要交小费在提醒我，这个与战乱有着千丝万缕关系的国度正处于复兴之中。

从公元 13 世纪开始，不同种族的军队多次占领柬埔寨。到了近代，法国和日本先后入侵，柬埔寨沦为殖民地长达 90 多年。1953 年柬埔寨终于获得独立。不久，美国为了入侵中南半岛，又寻借口，制造“北部湾事件”。1965 年，美国人出动 100 架飞机，疯狂地轰炸越南的港口与铁路，名曰“雷鸣行动”，声震大地，凶狂程度从名字窥见一斑。登陆岘港海滩的美国军人麇集如黑潮，进逼老挝、柬埔寨，高棉人民再度被拖入隆隆的炮火中。那时，高棉、西哈努克、莫尼克、乔森潘、波尔布特、洪森等一串串名字便为我们这一代人所熟知。好不容易赶走入侵者，柬埔寨又遭遇了红色高棉倒行逆施的浩劫和后来越南的侵略扩张。直至 1993 年，《巴黎和平协定》的签署，日夜祈祷和平、自由的柬埔寨才开始走向和平独立。

战乱与和平，究竟哪一方面才真实？也许两面都真实。当柬埔寨活生生地展现在我的眼前，满目伤痕和穷困，她的元气还没真正恢复。全球历次战争留下的地雷至今还有 1 亿多枚埋在世界各地，在柬国土就超过 1000 万枚。战乱中被地雷炸伤缺胳膊少腿的人随地可见，到处可以触摸到饱受战火与内乱蹂躏的伤痕。

家国变迁中，令我感慨的是心灵被刻满的伤痕。陪同我们的余乙集是一位华侨的第四代，80 后小伙子。他对我说，红色高棉对民众犯下的罪孽超过了柬埔寨的历次战争。1975 年，红色高棉军队终于攻入了金边市区，靠政变上台的朗诺集团溃败逃走。可是，刚进城的红色高棉负责人突然宣布：为了改造“好逸恶劳的城市居民”，金边的 200 万市民必须无条件撤退到贫困的山区去。小余说，就连华人也难逃其劫，他的家人被驱赶出金边，开始了凄惨、无助、痛苦的死亡之旅。

极“左”的红色高棉一拿下政权，就疯狂地把柬埔寨变成一个农业社会，推行合作社制度。他们取消货币和市场。

禁止私人拥有财产，取消家庭，甚至婚姻也由组织安排。红色高棉把知识视为罪恶，知识越多越反动，禁用书籍和印刷品，把学校改成监狱。他们强迫人们唱红歌，跳革命舞，取缔传统歌舞戏剧，严禁西方文化传播。在集权统治下，知识分子、僧侣、技术工人、商人、城市居民在集中营里从事超强度的体力劳动，不能吃饱。几年间累死饿死或被暴政处死的就超过 100 万人。小余指着街市上妇女们摆卖的一盆盆炸蜘蛛、炸蟑螂说，那个年代没有粮食，人们把老鼠吃完之后，就把蜘蛛、蟑螂当作充饥的食物，有的人吃惯了，至今还在食用。听小余这么一说，还真让人动容，我仿佛看到一方面是大规模的死亡，一方面是民众对于生存的渴望，这是死神横行时期最真实的图景。这样的恐惧像瘟疫一样传染给了几代人。柬埔寨国家显然没有回避这一历史，他们建立了博物馆，保持了对极左疯狂的回忆和警醒，因为极“左”的毒瘤并未在人间消失，还潜伏于社会的肌体中，觊觎着生活，一有机会便会卷土重来。

柬埔寨多灾多难的伤痕令人心有余悸。然而，聪明智慧的人民创造的吴哥文明却令我震撼。

从金边来到吴哥，我从现代纷乱的痛楚一下抵达了吴哥时代。吴哥在秋色的映衬下多了几分安详和深邃。无论是在市内的林荫小道，还是通往郊外的途中，两旁的丛林给人以自然恬静之美。这些看似寂静的马路，都曾经有过它的历史，充满吴哥的气息。这些道路上埋藏了高棉人昨天的悲喜往事，或浓烈或惨淡。我甚至想到红色高棉当年为了夺取政权，在这些丛林中度过一个个艰难的雨季，最后却在坐江山时，骄横专制，背弃民众，招致覆灭的命运。这些故事像丛林里回响的长笛、木琴，曲折委婉，意味深长，如此悲伤，如此愉悦，如此凄切幽深，穿行于路上，我常常有着这种感觉。

灿烂得几近金色的太阳明晃晃地挂在蔚蓝的天空，大小600多座既非阿拉伯式也非欧式、刻有精美浮雕的建筑物，牧歌般地散落在方圆45平方公里的热带丛林里。这些建筑始建于公元802年，历时400年，完成于1201年，为吴哥王朝历代国王接力修建的古都。1431年暹罗军队入侵，吴哥遭受劫难，王朝被迫放弃吴哥，迁都金边，满目疮痍的都城从此沉睡在了茫茫的丛林中。曾经作为一种文化、一种情结、一种梦想的吴哥，今日已无往昔的繁华，变得无比静美，像洗去了尘埃的玉壶，静远神秘。

建筑与雕刻是整个吴哥艺术的精髓。每一个浮雕上的雕像精深细腻，精妙绝伦，就连那虚无缥缈的云彩也被雕刻家镂刻得神秘动人。一个个神态安详的人像，从脸部的微笑看见心灵之花的绽放，尤其代表高棉艺术象征的戴瓦达和阿普萨拉的形象，面容温雅，乳房圆润，自然匀称，神形合一，充满活力与意蕴。我想，当年高棉艺术家们必定处于激情涌动之中创作，他们的艺术灵感通过自己塑造的艺术形象向人们传递了上千年。在这些栩栩如生、惟妙惟肖的雕像前，我用手仿佛还能触摸到它往日的温度，还能感受到岁月的呼吸，我除了能够怀着敬慕的心情默默地仰望之外，还能用什么方式去赞美呢？

一个布满金色阳光的午后，我和妻子来到吴哥王都最初的中心——巴肯殿观落日。巴肯殿是吴哥王朝的第四位君主耶稣跋摩一世登基时，把都城从洞里萨湖畔罗洛士北迁后建在巴肯山上的宫殿。高60多米的巴肯山四周是一片平原。暹粒河从这里流过，两岸适宜人居，于是，当时的巴肯一带渐渐成为王都的中心。高棉人把巴肯殿视为宇宙的中心，是人与神交会之地。后来暹罗军队入侵，巴肯殿备受损毁。巴肯山上呈现我们眼前的已是历史的断垣残壁。在巴肯山上俯瞰南望，吴哥窟像画一样静静地高耸于莽莽森林之中；北面不远的吴哥通王城已被参天古木藏起来了，偶尔可以看到莲花蓓蕾般塔尖在阳光照耀下闪闪发光。每天下午，游人陆陆续续朝着巴肯山上集结，这是世界各地的游人，都为一睹吴哥令人叹为观止的辉煌景观而来。据说太阳届时慢慢地从西南方向的洞里萨湖方向落下，顷刻间，金色洒落天地，祥和铺满人间，远处披上霞光的吴哥与池塘胜似仙境的美景便是闻名于世的"金色吴哥"。

上山的人很多，到此音灭声消。没有国人肆无忌惮的喧闹，人们崇敬自然，所以内心肃穆；人们静穆等待，仰观宇宙之大，俯察品类之盛，所以游目骋怀，想象自己徜徉在历史的流光里，想象自己身披金色的喜悦。有的人调好相机，有的人打开笔记本，有情人紧紧相拥。可惜，那天"金色吴哥"没有呈现，因为，那一刻天空飘来一片云，遮住了太阳。光影无法撒落，留给游人淡淡的无奈和遗憾。然而，失望之余，我们看到了另一种怦然心动的景象，那就是来自世界不同国家、不同肤色、不同语言的人们，怀着对自然的敬畏之心，在昔日的废墟上观望今天之落日，用心守望美丽的出现，人们的内心此刻美美与共，并为此而安顿和栖息，为此远离尘埃，心静如禅，温情似水，并直击今天，还有明天……

从巴肯山上下来，我们对小余说，虽然没有看到“金色吴哥”，我们的感觉也很好，只要没有战乱，人们就能安静地享受这一切，因为只要还有太阳，吴哥终究是金色的。

小余说，从动荡战乱噩梦中醒来的柬埔寨人很爱和平，他们心目中，和平是金色的。他说，洪森执政的十多年是柬埔寨劫后重生的时期。洪森是把民众从灾难中拯救出来的“国家英雄”。这也许是柬国百姓对洪森的一种评价。作为一位游客，我在柬埔寨的日子，无论金边，还是暹粒；无论是在洞里萨湖，还是在湄公河畔，我都看到了百姓的脸膛舒展，看到了善良平和的微笑，但也看到了入境时遇到的贪腐现象。小余说，柬埔寨民众还是拥戴洪森的，选举时还是投他的票。原因很简单，洪森给人们带来和平，让人们有饭吃。老百姓憎恨战乱，甚于腐败。在和平民主路上，腐败终会被惩治，一如乌云过后，吴哥身上总会披上金色。但愿柬埔寨在痛苦的扭扎之后，如浴火凤凰。

原载《文艺报》2011 年 8 月 22 日

雪兰莪河的美丽

中国关于昆虫的故事大多是很美丽的。

晋书云："家贫不得油，夏夜以练囊盛数十萤火，照书读之，夜以继日，后官至尚书郎。"故事说的是从前有个书生，因为家中贫寒，买不起灯油，但他酷爱读书，情急之中他天天捉数十只萤火虫装入透明的布袋中，借着萤火虫发出的微光读书，最后学富五车并官至尚书。

来到了距马来西亚首都吉隆坡70多公里的瓜拉雪兰莪河畔，我想起了少年时代曾经被感动过的关于萤火虫的故事。

马来西亚把雪兰莪河畔的萤火村誉为世界第八大奇景。去雪兰莪河看萤火虫是我们中国作家访问团回国前一天，马来西亚华文文协主席戴小华女士的临时动议。下午七时，华灯初上，在戴女士的陪同下我们乘车离开吉隆坡，前往萤火村。

一个多小时之后，天帘一片黯黑，我们乘坐的汽车在离雪兰莪河畔不远的地方停了下来。

萤火村到了。没有一盏灯火，隐隐约约中是一片茫茫树林。萤火村的主人打着弱光的手电筒，领引我们开始走上一段不长的低地，迈向我们心仪的河畔。路两旁的树林无声无息，出奇安静。我们屏住了喘息，刚才在车上的滔滔宏论和欢声笑语瞬间便沉入了雪兰莪河的深处，无声无息，无踪无迹。

穿过树林，穿过灵地，我们听到了雪兰莪河传来的低沉而遥远的流水声。终于，雪兰莪河真的出现在我们的面前了，河瑟瑟，凉风如扇。我们的目光急于穿过夜空，扫描浓黑的河岸，迫不及待地寻找我们期望的奇迹。果然，眼前的树上神奇般出现了一片片一团团一簇簇闪闪烁烁的灯光，仿佛圣诞树上的灯火。萤火虫，那么多的萤火虫，在我眼前飘飘移移。我顿时感觉自己已是这个风景的一部分，我此刻已站在雪兰莪大街，置身于满街美丽的圣诞树下，欢度平安夜。这个美丽的夜，令我实在无法解读这自然的赐予。但这种清澈、距离和光芒，这个我们所期待的心灵和松弛和解放，变得那么明亮和现实。

我们踩上木板搭制的码头，登上了无声电力驱动船，船在河流中慢慢地行驶，只听到低微的引擎声。在这迷人的童话世界里，我们一阵阵惊喜却又不忍呼叫，只能悄悄地与邻座低声而语，更不可能打开闪光灯照相，唯恐惊动了沉睡的夜，以及在安静中或自由栖息或自如飞翔的萤火虫，这夜的精灵。

久居都市，看惯的皆是商业霓虹，喧闹无比，而来到雪兰莪河畔，欣赏萤火虫，重要的是享受了宁静。

没有月亮的晚上，萤火虫显得格外明亮，调皮地眨着炯炯有神的眼睛。没有干扰的自然空间是萤火虫快乐的天堂。萤火灯盘绕且渐渐远去的时候，就像夜空忽然点起熠熠火光又慢慢熄灭；一群群萤火虫同时飞过，场面更加壮观，在我跟前一流一闪，好像夜的天穹漏下的星光，浅浅地滑过黑色的夜空。

近岸的河水，朦胧映着树木的倒影，但却掩不住萤火虫熠熠的光芒，亿万只萤火虫携着灯笼儿为黑夜守亮，好似落入树丛的繁星。一树都是，一河都是，一夜都是，这萤火虫的世界。

顿时，我明白了自己在听到“瓜拉雪兰莪河”这个名字时的喜悦，雪兰莪河实在拥有绝世的美丽，从她的名字到她的世界，而且从中我更懂得了亲近自然。不只是我，我看到谁的心里都很快乐，谁的面容都很美丽。

几乎我们每一个人都在提问为什么这里会有这么多的萤火虫聚集和生长呢？萤火虫村里有科学家，他们热情严谨，细细地向我们道来，萤火虫的生长，必须与河水、树木、环境相适应。河水必定是咸水和淡水交汇处，即内陆河汇入大海的入海口，所谓“良禽择木而栖”，树木须是萤火虫情有独钟的马厘榜树，还有环境必须静谧，不受任何污染。

萤火虫家庭约有1万多种“亲朋戚友”安然地生活在这里。

我小时候总是疑惑萤火虫发光的原因。在萤火村，我终于得到了答案。萤火虫之所以发亮，是因为它的腹部的发光器有含磷的发光质和催化酵素。发光器上有一些气孔，空气进入气孔后，发光质就会在催化酵素的催化作用下与氧气产生氧化作用，使化学能转化为光能，于是产生出或黄绿或橙红，亮度不一的光亮。萤火虫发光的颜色不同，是由于它们所含的发光质和催化酵素存在差异的缘故。萤火虫的发光器在腹部第六、七节的腹面，这腹面在白天是灰白色的，只有在黑夜才能让人看到发光。萤火虫发出的光是冷光，没有热量。它们集体同时明灭，称为发光树。人类通过语言沟通，萤火虫则通过光传达讯息。

萤火虫发光，具有诱集、警戒、恫吓捕食者、照明及传宗接代等作用。一般来说，越明亮的萤火虫越能吸引异性。因此，雄性萤火虫飞得特别快，而雌萤火虫是短翅或没有翅膀，通常不会飞。

科学家还告诉我们，萤火虫生命孱弱、短暂，一生只有20多天。虽然命运多舛，也要发出美丽的光，尽管自己的光是那么微弱。雌萤火虫并不是整夜都发亮的。雌萤火虫遇到稍有好感的异性，才会微微发亮；倘若她们身上闪亮如灯，就表示她们非常喜欢对方了。雄萤火虫收到了对方发出的讯息，就会以闪烁来沟通。这真是灵性会心的感情方式。

马来西亚地处热带，植物生长茂盛，到处可以看到浓密的树林，空气极为清新，加上人们自觉保护生存环境的意识，使地球的这个角落容纳了那么小的一只只昆虫，保护和维持了萤火虫村这一处绝无仅有的大自然奇观，给热爱生命的人们留下了一道挥之不去的心爱风景。人与自然的关系，在萤火村里得到了最相互尊重的体现，而且，还是最恰当的表现。

文明与灵性就会持续美丽和安宁。

美丽与安宁永远会给文明人以享受。

在国外，我时常感动于许多美丽、许多真实，便心存一种充满疑惑的潜在情感，经常追问着自己和自己的民族，其实，我们对别的民族、别的美丽是那么无知，而这种无知通常是不关心或自以为是。更痛心的是我们总把几千年前以前的文明和美丽挂在嘴边，而不去关注那些沙漠化的原野，那些无止境的砍伐，还有那些对环境无穷无尽的破坏！

人唯有在这萤火村里的姿态和心态，才能够算得上是在较尊重自然的同时又较大限度地在利用自然，自然才会以没有一点缝隙的温暖给予人、抚慰人、恩泽人。回来的路上，我努力去解释，我们九百六十万平方公里的陆地上还有多少安静和美丽没被湮没呢。我真希望瓜拉雪兰莪河畔的那种上苍的杰作和我的祖先写下萤火虫美丽的故事一样的杰作，能在生我养我的土地上绝妙地契合！

原载《南宁晚报》2000 年 3 月 9 日

穿越伊斯坦布尔

美丽的博斯普鲁斯海峡从南到北，把伊斯坦布尔分隔成了东西两部分，东部在亚洲，西部在欧洲。横跨海峡上空的欧亚大陆桥，联结着两大洲，联结着这个巨大城堡的东部与西部。身临其境，让我赞叹：1500 多米的桥身跨越海峡，竟然没有一个桥墩。远远望去，大桥就是一道蓝天碧海间永恒的彩虹。或许，居住在这座城堡的土耳其人，才会觉得自己是真正的欧洲人。

伊斯坦布尔有人口 1500 多万，占了土耳其总人口的五分之一。对于整个土耳其国家来说，尽管只有 3% 的国土属于欧洲，土耳其人多年来都在为“脱亚入欧”而不懈努力，加入欧盟是土耳其人共同的梦想，不过，这个梦想迟迟未能实现。原因之一就是土耳其是伊斯兰教国家，90% 是穆斯林。我到伊斯坦布尔的那天，土耳尔人正在纪念他们的“国父”——开国总统穆斯塔法·凯末尔逝世 67 周年。土耳其人称颂他最大的功劳是实现土耳其国家制度政教分离，为土耳其的发展做出巨大贡献。虽然土耳其国家制度已经实行政教分离，但对于信奉基督教的欧盟国家来说，仍然很难接受另一种教派的加入。

恰恰因为这样的地缘因素，古老悠久的东方文明与灿烂的西方文化在伊斯坦布尔碰撞交融，使得这座城市既有东罗马、拜占庭与奥斯曼文明的遗韵，又有现代潮流的冲击。你既可以看到包得严严实实的穆斯林女性，也能看到浓妆艳抹，时尚十足的性感女郎。一到时间，蓝色清真寺的唤礼声、金色教堂的钟声和五颜六色的夜总会的喧闹声此起彼伏。秋天的伊斯坦布尔更是诗的季节、画的季节、艺术的季节……只要细细品味，弥漫在城市各种元素中，就能找到心中所爱。难怪，拿破仑曾经这样说：“如果世界是一个国家，那它的首都一定是伊斯坦布尔。”我漫步于伊斯坦布尔，真的像是毫无防备地，一下子就进入了画中，每时每刻，都会有惊喜和熟识相伴的感觉。

伊斯坦布尔对人的眼睛最大的冲击，莫过于处处可见帝国遗迹的古老都城，从那些遗迹里，你可以追溯到往昔的辉煌。徜徉于铺了沥青的大街，或穿行在以条石铺路的街巷，几乎所有建筑色调都是一样的米黄色或乳白色。突出其上的，有一座座建筑的圆顶，有的闪着金光，有的泛着绿色，也有的灰色、蓝色，总体看上去，整个城市风貌美丽，成熟优雅。那天，我去参观帝国时代的皇宫，那种奢华程度令人瞠目结舌。巨大的皇宫里，几乎每一个角落和细节都令人惊叹，用来装饰用的黄金，就花了6吨。皇宫里是禁止拍照的，所以进去参观的游客只要一转身，便会发现管理员虎视眈眈地盯着你，搞得我很紧张，连赞叹也不敢发出声音。的确，这里的每一件物品都价值连城，他们有权利看管住自己家的财物。

因为博斯普鲁斯海峡的存在，这座庞大的城市显得轻松和灵气。在海峡旁有很多私人游艇出租，我们登上一艘中型的私人游艇，船长煞有介事地穿着蓝白相同的船长服命令船员扬帆起航，悠扬的土耳其风情歌曲回响在海峡之上，我和同行的朋友索性席地而坐，享受着阳光秋风。岸上苍茫的桦树、橡树，在风中微微摇摆。古代建筑和现代建筑错落有致，相映成趣，海峡沿岸大理石的宫殿毗连着简朴的石头堡垒，多玛巴切皇宫、耶尔德兹宫等在视线中鱼贯而至，这些风景让我想起了获诺贝尔文学奖的土耳其作家帕慕克。据说他的居所就在这美丽的海峡岸边。土耳其的朋友骄傲地说，“伊斯坦布尔是帕慕克的文学起点与归宿。”帕慕克把自己对“城市氛围的体味以及困惑”融入记忆与文字，以记忆再造这城，在他的文字中一次次描摹自己精神的原乡，在现实的荒芜中拼接出曾经的辉煌。于是，就有了直抒胸臆的《伊斯坦布尔》，也有了以16世纪古波斯细密画家为背景的《我的名字叫红》，仿佛也成了这城市的专属。

穿行于高高低低的城区，所见楼房因地势高低自然摆布，布局合理，整洁明快，山坡、绿草地、大广场恰到好处地分布在城市各处。欧洲特有的人物和艺术雕塑独具匠心地点缀在都市的各个部位，画龙点睛烘托着古老而新兴的欧式街容。脚下是磨得发滑的石块，高墙上的铁皮街灯，狭窄的小巷中不时有车穿行，让我分不清是古代，还是现代。伊斯坦布尔让我真实地触摸到土耳其民族的肌肤，听到了这个帝国跨越数百年悠长的呼吸。

算不上宽大的街道和马路上车辆川流不息，人群熙熙攘攘，但一切都那么井然有序。我想，这跟这座城市的人较早地接受欧洲文明有关。他们在马路上遵循欧洲人“绿灯行、红灯停”的规矩，在那里只有车让人，就算马力再大的靓车在没有红绿灯的街道上，只要见到行人要过马路都会远在20米外开始慢行，先让行人通过。这样厚待行人的礼貌行为让习惯了国内“过马路，左右看”的旅行者还真一时无法适应。欧洲文明还体现在伊斯坦布尔的城市规划上，据说，长期以来，土耳其建筑师在城市设计时坚持良好的街道尺度，并有意识地进行交通的组织，在建筑群中创造了大量适合人步行的街道和空间，因而，我看到了人们忙而不乱，多而不杂，一切都是那么的井井有条，各自按照规则运行。

土耳其人喜爱花草树木久负盛名，整个城市花草树木满街都是。在城墙边的角落里，我一坐两个小时浑然不知。城中的山坡上，我可以和古城堡一起，俯瞰山绿水蓝的市区，一栋栋白墙红瓦的房屋点缀在绿丛之中，蔚蓝的海峡穿城而过，夕阳映照，幽深，脱俗。这是一幅色彩浓重的历史油画，我知道人类情感的美妙之处在于心灵的陶醉和回味。我愿意在画中多待一会儿，让我能有多一点的安静和沉思，因为，没有别的想法，我希望太阳不要落到山那边去……

伊斯坦布尔的伟大，在于每一个朝代都有格局完整的遗留，每一个遗留都经过艺术巨匠的设计，每一个设计都构成了前后左右的协调，让我长时间驻足仰望，有种追寻源头的兴奋。晚上，几位同行聚在饭店房间里聊天。我给大家泡上茶，大家边喝边聊，话题都集中对伊斯坦布尔风貌的赞美，逼迫着我们产生不能不说的激动联想。不一会儿，国土资源系统作家农丰收把话题一转，聊到了国内城市规划和建设上来。

他说，国内许多城市盲目地进行旧城的改造。老城区是城市之根、文脉之本和风貌特色的基本组成部分，然而，追求城市变大、变新、变洋，热衷于建设“标志性”建筑，大广场、豪华办公楼等席卷全国，使某些城市的历史建筑、城市风貌、国土资源均遭受灭绝性的毁坏。

不知谁又说，有的城市片面强调防止道路交通堵塞，建造大马路、立交桥和拓宽旧街道。有的城市在容易发生洪灾的地方填河变路，使得泄洪疏导往往来不及；有的风貌单一的城市还劈山为地，把山推平，等等。令大家很可笑的是，西部某个缺水城市，竟在城市外围开挖一个人工湖，面积要比西湖还大几倍。

这种心堵并非属于个人，而是属于这个城市，属于这个城市所有人的意识。市民内心里的挫败感觉，是从日子里慢慢生长出来的。城市处处难掩破败景象，这种来自内心深处的压抑感觉，其实就是一个城市的精神氛围。有人说：“城市是一本打开的书，从中可以看到它的抱负。”我们看到伊斯坦布尔的建筑，就能感受到这个城市追求的是什么，就能看到这座城市发展的历史，就能听到建筑为我们讲述的这座城市曾经发生和正在发生的所有故事。当音乐和传说都已沉默时，建筑却还在歌唱。在面对“为谁而写作”的问题时，帕慕克坦言，他为土耳其写作。“伊斯坦布尔的命运就是我的命运：我依附于这个城市，只因她造就了今天的我。”城市赋予他书写的本能，一切源于对这城市和家国的眷恋。

美是可以穿越时光的。穿越伊斯坦布尔，穿越历史和现代的城市，我听到了这个城市依然在歌唱，它打动了我的心。我们生活的现代很快也将成为过去，成为历史，面对我们自己经历的“历史”，我们的心灵是否还会一如既往的空白？如果一个城市乱七八糟，“皮之不存，毛将焉附”？我们真的不能只让我们的后代挖地三尺在“大明宫”“三星堆”，以及许许多多的墓宝中来寻找城市的记忆了。

原载《南方国土资源》2007年第8期

其实　我们都没醉

酒，真的是好东西。与萧立军虽只初见，一喝开便感觉如此投缘。立军兄喝酒时给人感觉是那样的稳实、开心，我想起阮籍所说的“极好酒，然醉不伤人”。这“好”与“醉”是品质，是节制而不极端的饮酒风度，立军兄恰到好处地张扬着这种风度。看他与朱晖话不多，举杯之间，心底分明，便可断定他是一位真性情的酒道中人了。那天我们喝的是古井贡酒年份原浆，在座的还有巨才、匤满、延滨、申江、徐坤等诸兄，相会在“百礼之会，非酒不行”的皖北亳州古井镇。主人盛情，我们一伙于那个据说曾有许多名流光顾过的藏酒阁，过了一把酒瘾。一杯接着一杯，一杯杯，共此阳春清辉。

好久没有喝过如此好酒了。好酒让大家都放心，也开怀。也许还因为，我们刚参观了曹操故里，钻了曹操当年作战用的古运兵道，才知道这是中国最早的“地道战”。“煮酒论英雄，曹刘说天下”。亳州人把曹操的一生，归纳成政治家、军事家、文学家、书法家，还有美食家，把他对中华文化的贡献做了一个博物馆，让我们在历史发生地对曹操有了新的解读，让我又回到了那个三国时代。千百年来，尽管史实与演义不尽吻合，但那个烽火连天、战乱频仍的年代，确是一段悲惨与幸福共存，激情与忧伤俱在的岁月。兵法韬略，曲尽其妙；文臣武将，尽得风流。虽然，英雄淘尽，是非成败转头空，但那些千百年前的人和事，迄今栩栩如生，激荡人心。尽管作为文学叙事的《三国演义》和作为历史叙事的《三国志》，因为士人心态和价值取向的变化存在着很大的不同，人们对曹操说法不一。但我想，人无完人，当今政治家有“奸”相的人多了去了，这曹操怎么也该算得上千古风流人物不是？不知是不是源自一种怀古的心态，或骨子里也包蕴着“登高处，把酒临风”的气概，我承认，那些天，天天都喝高了，没有了自控能力，酒醒时分，才想起出发前对妻“不喝醉”的承诺。

但，我没醉，在座的诸友也没醉。我想，曹操著名的“对酒当歌”喝的是政治酒，而我们所喝是朋友的肝胆与赤怀，举壶相敬，祝福全在琼浆玉液之中。当然，这自然归于这古井贡酒品质了。20 世纪 70 年代中，我从事过食品检验检疫工作，曾有过多次品评白酒的经历，大体上还知道口感好，味醇香，不上头，不口渴，喝后身心舒坦，便是好酒了。好酒可以养心养身。

好酒是该慢慢品尝。我们索性坐在古井集团那幢汉式阙门、清式回廊、雄伟壮观的古井酒文化博物馆的品酒间不动了，端起酒杯，一杯一个年份。从不同的青花瓷甑中倒出的玉液，色差不一，黏稠不一，我们用舌、用喉、用心品了起来，好像要琢磨出什么似的。立军说，是不一样吧？是不一样，我说。朱晖说，这 68 度的，是辣了点儿。徐坤说，再来一杯。哟，真行！大家都惊叹。当然不一样，要知道这一个个年份酒便蕴含着古井贡酒的一个个古老又鲜活的故事。

喝酒壮胆，什么话都敢说。飘飘然，我们就像评酒师一样，竟敢在酿酒之地专家面前，瞎扯起了好酒需要什么条件诸如话题，但好像也蛮靠谱的。

比如，“水为酒中血”，要出好酒，必要好水。曾到过古井集团的立军说，春秋时期，当地人就开始用古井泉水酿酒了，这厂里头就有两口古井，一属宋代，一属明代，确实就分别保留于厂北区、南区。说这井水甘洌，富含矿物质，很合适用于酿酒。还说古井镇一带地下蕴藏的优质水量常年稳定供应。为了保护这两口古井，人家在明代古井附近另开辟 11 口深水井，用于生产和生活。主人说，现在明代古井水主要用于勾调高档优质白酒；宋代古井则是难得的文物，古井集团把它作为文化景观。

不知谁又扯到了“千年老窖万年糟”，主人便把我们领到了明代保存下来的 34 口窖池的跟前。够壮观的，据说，数百年来这些酒窖池一直沿用至今，这些古老神奇珍贵的窖池富含大量香味前驱物质，我们喝的那些年份原浆就是在这

500 年历史的窖池发酵而成的。难怪这么香，这么醇，难怪古井集团将其命名为“功勋池”。

看来，好酒是有历史的，有文化的。东汉建安年间，曹操就把亳州“九酝春酒”晋贡给汉献帝，并上表阐明“九酝春酒”的做法。这可能是中华白酒的第一贡酒了。作为尚能喝酒的文化人，我们被这诱人的美酒和深厚的人文陶醉了。在古井集团的作家副总裁杨小凡的鼓动下，我们参与了“古井酒酿造体验”活动，秀了一番糟醅覆盖的劳作。没想到半个小时后，主人便把分别印有我们每人酿酒作秀照片作为商标（未经注册）的两瓶年份原浆送到了我们的手中，这一值得惊喜的礼物，可是古井酒文化的见证哟。大家说，这两瓶酒恐怕舍不得喝了。匡满对我悄悄说，蛮有意思的，回去把它交给孩子保存。我说，那孙子的孙子会问，爷爷的爷爷怎么也在酒厂里酿过酒？那几天，身居在飘溢古井美酒醇香的国度里，俯视亳州四野，天地苍茫，万物瞬间充于胸，一种舒畅的感觉从心底油然而生，人世间有美酒相伴是多么畅快。

后来，我们要上九华山。

主人说，你们爱喝，把酒带上山吧。

大家满脸喜色，当然没有人拒绝，只虚着说，不好意思，不好意思。

在山上喝酒，“醉翁之意不在酒”，没有能比欧阳老的见解更准确，更深刻的了。况且朋友间喝酒是轻松的，不用设防，不会当面敬你一杯，背后插你一刀；而在大自然中喝，更能令人忘却凡俗的世事庸杂。

九华山，古老神秘。走在石块铺就的小路上，我小心地放轻了脚步，生怕惊扰了什么。每一棵古老的树，都令我脚步减缓，驻足相视，对生命的敬重一点点地溢出。在这个清盈如水的季节，我越走越感到九华山无比安静、脱俗、清幽。

上了山，正值午饭。主人为我们安排了素食。素食令我们一个个“肃穆”起来，说话的分贝骤然降低了，生怕犯了九华胜境的戒。席间，我们吓得连“肉”和“酒”这两字都不敢说，大家没有看到了平时大块夹的“那个儿”和大杯喝的“那个儿”，一个个的脸色中透出了一个担忧：岂不辜负从古亳州辛辛苦苦背上来的年份“那个儿”。后来一打听，九华山不禁酒，只是寺庙里不可饮酒。担心释然了，登山也格外有劲儿了。其实，在佛学东渐后，佛家教义也悄悄渗入了酒杯之中了，在家修行的“居士”们都可尽情地享受这“天之美禄”，并借酒性的迷茫，去体味佛理禅机。散文家黄庭坚的“时从物外赏，自益酒中味”，便是以酒趣参禅，顿悟到“酒中三味”，从而返璞归真的。

“晚上找个小饭馆，喝酒去。”申江兄提议。“好哇！”大家鼓掌一片。我说，今天正好农历十六，我们也举杯邀明月。

是夜，我们找了家土菜馆，打开了醇香的古井贡酒，满席感情随酒意舒展开来，好像人人都卸落了往日的奔波与疲惫，心情无比舒畅。席间，被酒浇开的心花高高托起，聂勒唱起了佤族的民歌，幽默而俏皮；叶梅唱起了土家族的民歌，浪漫而智慧，一片情感的喧闹中；国满老兄也按捺不住，唱起了他那代人熟悉的苏联民歌，深情而悠远。最令我们吃惊的是，自称从来不在公共场合唱歌的王巨才竟然唱起了家乡的“信天游”。那首耳熟能详的“人人呀都说我们两个有，事到如今没有开过口；人人呀都说我们两个有，事到如今没有牵过手”。哀怨而无奈，唱得人心甜甜的酸酸的。没完呢，末了他还扬了扬声，悠悠唱“人人呀都说我们两个有，阿弥陀佛谁知道”。而在我的印象中，原歌是没有这一段的，我一直纳闷，这莫非是巨才老哥在卸下政务后，喝了古井两盅，在这佛国圣地顿生灵感的再度创作？在劝酒和邀歌中，女士们没闲着，一身豪气的徐坤影响着娜夜、周李立和欧逸舟，频频离席串位。一箱原浆没了，谁都不知自己喝了多少。喝酒是讲气场的，这气场让人人两腋生风，飘飘若仙起来。我常听有人说，喝酒有什么意思？喝酒就喝酒，人生就是一个过程，哪来那么多意思，这过程就是同声相应，同明相照，或说诸气相聚，你高我兴，气散了，来于尘土，又归于尘土。

此时，九华月夜，但见山色浩浩，清凉一片。我们走在青石板老街上，酒后气足胆壮了许多，我开了嗓子，放歌一曲：“唱山歌咧，这边唱来那边和，山歌好比春江水，哪怕滩险弯又多。”一时间，山上和声鹊起，这是人人都会的壮族民歌刘三姐，和的是坐在街边喝茶的游客，更有推开窗户的当地居民。歌声在夜空中回旋，一浪又一浪。

我们醉了，是民歌的魅力？还是不胜古井美酒的酒力？一个电话飞回家，妻笑了：“哈，你醉了吧？！”“醉什么醉，我们都没醉！”只见，歌声酒韵早已融成一片真纯之气了，我们真可谓“三杯通大道，一斗合自然”。

原载《文艺报》2011年1月14日

与书在人间

一直这么认为，一个人的能力是有限的，一辈子也干不了几件事。细细回想，自大学毕业以来的三十多年，自己所做的工作无非只是两件事，而且都与书为伴。

一是做编辑，为人作嫁衣。一天读着一大堆作者的来稿，披沙沥金，采用了，便在字里行间挑出毛病，然后加工润色，再为新书如何设计，如何印刷，如何发行，也算操尽了心；二是当作者，爬格子。或者报社、出版社约稿，或者自己有感而写。一天看书写作，一本本书的读，一行行字地写，写完了，碰上哪个出版社愿意要，就交给了编辑。书稿一交，如何装帧，如何付梓，如何行销，那都是出版社的事儿了，与我无关了。这样一来，我的工作就是在我的人生舞台上反串了两个角色。这两个角色，都是在书本里外进出。

进进出出，居然几十年，穿越了我生命的时空。

可不是吗？小时候，除了课本，连一本课外读物都没有。我看书的唯一途径，便是借别人的。借小人书，借小说。条件很苛刻，得变着法子巴结人家。有些借到手上的书是不能超过二十四个小时的，那是常事。好在我母亲曾经在一所中学图书馆当过管理员，这就比别人多了一个看书的便利。《林海雪原》《苦菜花》《红岩》《野火春风斗古城》等小说，都是这么读来的。

当时最美的梦想，就是想把这些书本都属于自己拥有，哪怕一百本或者几十本，有一间宽广的书房。对于与书为伴的时光，我是终生难忘的，因为它，让我这个整天灰头土脸，汗流浃背的锅炉工，改变了生命的轨迹。

1983 年，大学刚毕业，没想到，学校把我分配到了出版社。意味着我不仅实现自己拥有很多书本的美梦，而且我将成为了一名“造书人”。这种幸福感来得太突然了。当我把这个消息告诉母亲时，她哭了。别人很难想象，她为什么哭。我曾目睹过母亲在“文革”中挨挂牌批斗时，仍不忘忍辱哀求那个革委会主任让我能读上书，为了我能与书本沾上边，她流下了多少愤怒和可怜的泪水。而在我还当工人时，母亲看到我的同学能上大学，她那种羡慕，那种喜爱，不时地在我跟前流露，可是，想想自己的身世，能不流泪吗？真是悠悠慈母心啊。

在那个全中国都渴求知识的 20 世纪 80 年代初，从大学校门一出来，就能与文字打交道，这是一份令许多人都羡慕的工作。我第一次懂得了“责任编辑”这个称呼，意味着对读者、对社会的一份神圣的责任。我的心既充满感激和敬畏，又诚惶诚恐，带着这种忐忑的心态，走过一段长长的里程。那是生命中逝去的，难以追索的美好，是我生命中精力最旺盛的一段。

今天，我已经被年轻人称为冯老了，可当年的底片在心中依然不灭，现在的事也许记不清了，可过去的事儿历历在目。记得在出版社的某一天，老社长苏永勤不知怎的，把我叫到了他的办公室，一本正经地和我谈起心来。这是我第一次与苏老近距离接触，只见他赤忱爽利，说起话来，滔滔不绝。他对我说了他早年在苏联留学的经历，说了他们在莫斯科受到毛主席的接见，亲耳聆听了毛主席对他们说：“世界是你们的，也是我们的，但是归根结底是你们的。”他充满激情的叙述激起了我的奋发。他还讲述了回国后到新华社工作，是如何读书，如何写稿改稿等。没想到，一副金边眼镜的背后，藏着丰富的阅历和人生经验。

还在这一次的谈话中，我记住的是他语重心长地对我说：“小冯啊，作为一个出版人，同时又是一位作家，一定要有激情。如果没有真正对自己所从事工作的喜爱，没有强烈地要把好的东西分享给读者的想法，你就很难在这个行业做出成绩。你认真地为读者服务，本身就是为文学做出了奉献。而且，这样的工作才是美丽的。”毫无疑问，苏老一定发现了我在上班时间写作，我脸上一热，却把他的这句话烫入了心里，久久没有忘记。

他还说，什么叫有激情？衡量一位编辑有没有激情很简单，就是看他拿到一本好书稿时的态度。拿到好稿子，一个有激情的编辑是要激动起来的，就像一位歌唱家，拿到一首适合自己演唱，又能引起听众心灵共鸣的歌曲一样，一天就想着尽快把好的东西奉献给大家。

后来，当我转换了角色，有幸与陈忠实老师成为朋友时，忠实老师告诉我，他的《白鹿原》的出版便印证了苏老当年的这番话。他说，当年，人民文学出版社的两个编辑到成都出差，社领导说你们顺道去一趟西安，陈忠实可能有好书稿。于是他俩去西安见了陈忠实。忠实老师当时刚写完了《白鹿原》，把四十万字的书稿用牛皮纸包好交给了这两位编辑，说："我这是把十来年的心血托付给你们了。"编辑要马上打开，忠实老师忙着说，你不要打开，不离开这里不能看。陈老师害怕用十几年工夫写出的成果不被承认。而这两位编辑拿到书稿后马上上了火车，俩人马上打开书稿轮流读了起来，还没回到北京，书稿就读完了。下车后就第一时间写信给了忠实老师说，这是一本在中国文学史上要留下一笔的大书。我想，这就是苏老所说的激情吧。现在想想，当年在出版社能遇见苏老，真是我的福分，他循循善诱，影响了我许多年。后来，他走了，却把工作的激情留给了我们。其实，在出版社，像苏老一样工作认真，知识丰富，心地善良，为人谦和的老师还很多，如韦文俊、苏长仙、黄自修、黄赐茂、程文显、侯志忠等，他们言传身教，使我耳濡目染，在他们的指导和鼓舞下愉快地工作，便使我不断寸进。

20 世纪 90 年代之初，我有幸主持出版社的工作。这是改革开放的一个重要节点。所谓历史转折，必然能带来一系列的观念转折和目光转折。我们走出去了，敢于把我们的牌子在全国出版界亮相。我十分珍惜与同仁们一起工作的日子，我们走过满是荆棘的路，在一起完成了深刻的转身，用勇气迎接市场的挑战，用自己不凡的实力走向全国，我们曾经有过在全国图书订货会上不菲的成绩，我们也获过多项国家图书奖。当然，更重要的是，我们自身的事业和生活更加滋润，也有了更多的获得感。20 年了，时代更新了，每每想起一起走过的日子，仿佛看到往昔那些飘忽身影，在这些身影中，很多已退休了，有的已离开我们了，真是令人感慨万千。我时常想，出版社走向今天辉煌的历程中，每一张精美的广告上，每一份沉甸甸的订单里，每一个曾经在这里工作过的人，都付出过心血与汗水。想起这些和我同行一段的人们，我一直心存感激。

人生的际遇有时真巧。从书本里进去，又从书本里出来，唱罢一出戏，角儿换了，我又要拿起自己的那支秃笔了，但还是与书有关的一出戏。如今我也退休了。每一次，我在自己满满的好几个书柜前抬头，总会让目光稍稍停留，领受书籍的丰富和厚重，感叹着岁月的流淌，也体悟着生命的短暂和悠长。

不用说，出版社就是我人生中的一个重要的节点，就像这油墨的香味，历久弥新，在我的书柜上，在我的人生里。

原载《书韵沉香》2017 年 5 月版

《文艺报》与文学梦（代跋）

1979 年，一次偶然，让我与《文艺报》结缘 35 年。

彼时，我来到中央民族大学上学。那时，国家还不富裕，我们这些从边地来的学生口袋没多少钱。班里要搞活动，凑点班费很不方便。于是，就有机灵同学发现魏公村邮局正在处理过期杂志，一毛钱一本。何不把这些杂志要过来，同学三两人一组，拿到周边学校和相关单位摆摊出售，每本可以卖两至三毛钱。那时候还没有城管，既可勤工俭学，又解决窘况。这个主意得到大家的赞同。于是，有钱的同学先垫上，壮实的同学到食堂借上手推车，三下两下就把杂志拉回了教室。这些杂志里有《大众电影》《航天知识》等五花八门。

大家一见到那么多的杂志，很兴奋，纷纷解开捆绳挑，恨不得先睹为快。

忽然，我眼前一亮，看到两捆《文艺报》，心中不由一动。那时《文艺报》刚复刊不久，16开本，月刊，白色的封面简单图案，五色刊名。翻开扉页一看，中国作家协会主办，一种神圣感心中而生。在我心目中，“中国作家”这一称号离自己是这样的遥远，有种不可企及的感觉。但是，在那个万物复苏的年代，人人都以“爱好文学”为荣。文学刊物成了抢手货，就连征婚启事里都要特别注明自己是文学爱好者，文学一度成了中国婚姻的必备品质。在这样的大背景下，中文系是一个美好的名词，同学们个个都想把文学梦变成现实。面对这两捆《文艺报》，大家各自抢挑上几期，放到书桌，坐下来迫不及待地读了起来。最后，谁都舍不得把手中《文艺报》拿去“练摊”了。

正值改革开放之初，人们摆脱了压抑而获得了精神的自由。《文艺报》全新的话题，视角多样独到、文笔精美圆润，语境深幽洞明，论述深入浅出，使我深深震撼。它像是文坛的百科全书，让我感受了这座殿堂生发的独特魅力。上大学之前，我在农村插队和工厂当工人时，曾经在省市报刊上发表过几首诗歌。加上孤陋寡闻，偶尔而得以一见刚复刊的《文艺报》，哪怕它已是过期了，但其中的一篇篇文章都在洞析了彼时文坛的信息，涌动着新时期文学的春意，每每耳目一新。尤其一些质朴平实却又别有韵味的散文，都是一些大家手笔，真是一种美好的享受。

于是，这两捆过期的《文艺报》就像上帝送给我的一份圣礼。一份报刊，能不能获得读者青睐，就看这份报刊好不好看，个性强不强，品格高不高。好的刊物是润物细无声的营养,心灵的家园。这样的相遇,我便立马喜欢上《文艺报》了，闲时常拿来翻翻，《文艺报》便这样进入了我日常阅读的视野。魏公村邮局没有处理杂志了，我就挎起书包，夹着坐垫，早早地来到图书馆,首先借阅的便是《文艺报》,才读罢这期，又再期盼下期。这种享受丰富了我的世界，它让我生涩的笔得以滋润，心情得以放飞。当然，心头也会掠过一念，会有这么一天，我也能成为其中的作者?

相遇成了我写作的动力，成了我们课余的一个话题。同学间常议文坛的盛事新书，有时为某部经典或新作争论到脸红赤耳。时代给了我们全新的平台。于是，我们再也按捺不住激情和冲动，拿起笔，写起自己的作品。我们创作的热情得到了家住学校的冰心老人支持。每次前往老人家中请教，她都亲自为我们泡上一杯清茶，拳拳之心，谆谆嘱咐。她鼓励我们在作品中表达真实的情感，既要爱这个世界，又要讲真话，敢于鞭挞社会的不良现象和人性的丑恶，要百花齐放;她还亲自为我们系的文学刊物《百花》题写刊名。白崇人、吴重阳、陶立璠、苗林老师是当代少数民族文学的专家，对少数民族文学有深情还有研究。又时逢师生相融，教学相长。正如北大学子黄子平所说的那样：“教的人和学的人，心里都揣着一团火，共患难的人生遭逢，铸成此前此后都再难复现的师生情谊。不是通常据说的传道授业、教学相长，而是使老师成为真的老师、学生成为真的学生的互相认同。尘封的讲稿与新辟的专题齐现，严格的考核与宽松的讨论并存。

老师们周末到学生宿舍，一间一间闲坐聊天。”这种情形至今仍历历在目。说说笑笑中，老师对我们的写作提出很好的意见，有时甚至动笔为我们修改。

这时的我们就好像黑夜里的孩子忽然见到一抹亮光，这种文学的温暖，激励着我们在课余时间，在闷热的寝室里赤膊上阵，潜心写作。于是，收获的喜讯纷纷传来，今天班里谁谁在《星星》发了诗歌，明天谁在《青春》发了小说。后来又有同学陆陆续续在《民族文学》《十月》《钟山》《飞天》等刊物上发表作品，我们都为之兴奋，相互祝贺。这些历练为很多同学后来成为作家打下了基础。毕业不久，我们三十多人的班级，就有了7位中国作家协会会员。像哈萨克族的叶尔克西·胡尔曼别克、藏族的吉米平阶、回族的高峰等同学成了本民族代表性的作家。

这样的文学行走虽然清苦，寂寞，当看见自己的作品变成了铅字是多么激动和欣喜。这就是文学的魅力。毫不夸张地说，《文艺报》曾经领着我们一步步前行，以至我也竟敢给《文艺报》投稿。记得我第一次给《文艺报》投稿时，编辑老师给我写了退稿信，信中对我的写作表示鼓励，对文稿不成熟的地方提出了看法，并说明了为什么要改，希望我修改后再寄来。尽管作品不能付梓，我并不气馁。能看到编辑老师的回信，我已满足了，何况他还在信中对我提出希望。于是，我赶紧修改再寄。然后，便是一天天的期待，终于在那飘着油墨清香的文字中，看到了自己的署名，那一刻，还以为是梦。

文学为我们的人生掀起了一个崭新的广角。大学毕业时，因为我在学校时曾有在报刊上发表作品的优势，承蒙中国作家协会和《民族文学》杂志社的抬爱，录用了我。后来，由于别的缘故我离开北京回到了家乡，还是到了出版社做文学编辑。我想，这是因为我与文学有缘，从心底里热爱它。文字是枯燥的，而文学的魅力是迷人的。每当阅读到作者的好书稿，感觉是那么欣喜，每当能提出对书稿的修改意见，内心更是那么充实。曾经文学青年的我，也曾受惠于编辑，我不想在我手上漏掉一篇好稿或一本好书。诚然，编辑一样在承载着这样的文学使命。

编辑之余，还有《文艺报》相伴的日子，分外充实。《文艺报》朴实而带有质感的文字既向我们传递了中国文坛瞬息万变的信息，它没有围小圈子，没有恶搞俗炒，团结各民族作家，既注意名家效应，更注意发现和培养文学新人，推出精品力作，着力培育一个作家、批评家，编辑与读者互动共生的文学生态，令我感受了文学的滋养，又让我以平静的心境细读，这些对于一个出版人是多么需要。当然，写作属于我生活的一部分。《文艺报》更是我投稿的园地，从诗歌到散文，还有评论、访谈等等，我力求把自己心底最真实的感受写出来。《文艺报》给了我不少的勇气和信心，正是有了《文艺报》的扶掖，让我以情为笔，以心为墨。一次次见报，使我对自己的文字越来越自信。我把在《文艺报》上发表的许多散文分别收入我的几部散文集里，其中还分别获得了第四届和第八届全国少数民族文学“骏马奖”。我内心的喜悦应该与《文艺报》一起分享。

1997 年，我奉调广西作家协会工作，与《文艺报》有了更多地接触。21 世纪之初，广西文学创作出现颇健的势头，为了加快广西文学创作走向全国的步伐，扩大广西青年作家在全国的影响力，在上级的关怀下，广西作家协会举办多种形式的研讨活动。在这一系列的文学活动中，我每每联系《文艺报》，始终得到了他们的鼎力支持，并用大量的文字和篇幅，推介广西的青年文学创作，广西文学创作引起了文坛的关注。此间，《文艺报》也常常向我约稿，这是《文艺报》对我的厚爱，更是对广西民族文学发展的支持。

每一代人都有一代的担当和追求，深深浅浅的脚步有仓促也有从容。在 35 年时光轨道中，像我这样的少数民族作家，能走进文学的殿堂，并坚持走到今天，而且还要走下去，与《文艺报》给予的帮助是分不开的，包括为文做人；与《文艺报》从相遇到相知，心中唯有感激。尽管如今《文艺报》已向我们免费赠送了，但那份对于《文艺报》的期待与等待丝毫未减，有时，我的《文艺报》被别人拿走了，我就会郁闷。因为，我珍惜上苍给予我的这种缘分和精神财富。

原载《文艺报》2014 年 8 月 20 日